キャバクラ病院《ホスピタル》「一直線《まっしぐら》」

―破天荒―
ガン克服駆け込み寺、それは「キャバクラ」

目次

第三章

運送会社社長 奮闘記

第四章

The Dream 夢を叶えるために

第一章

上村家の血を引く者は、まじめに生きろ

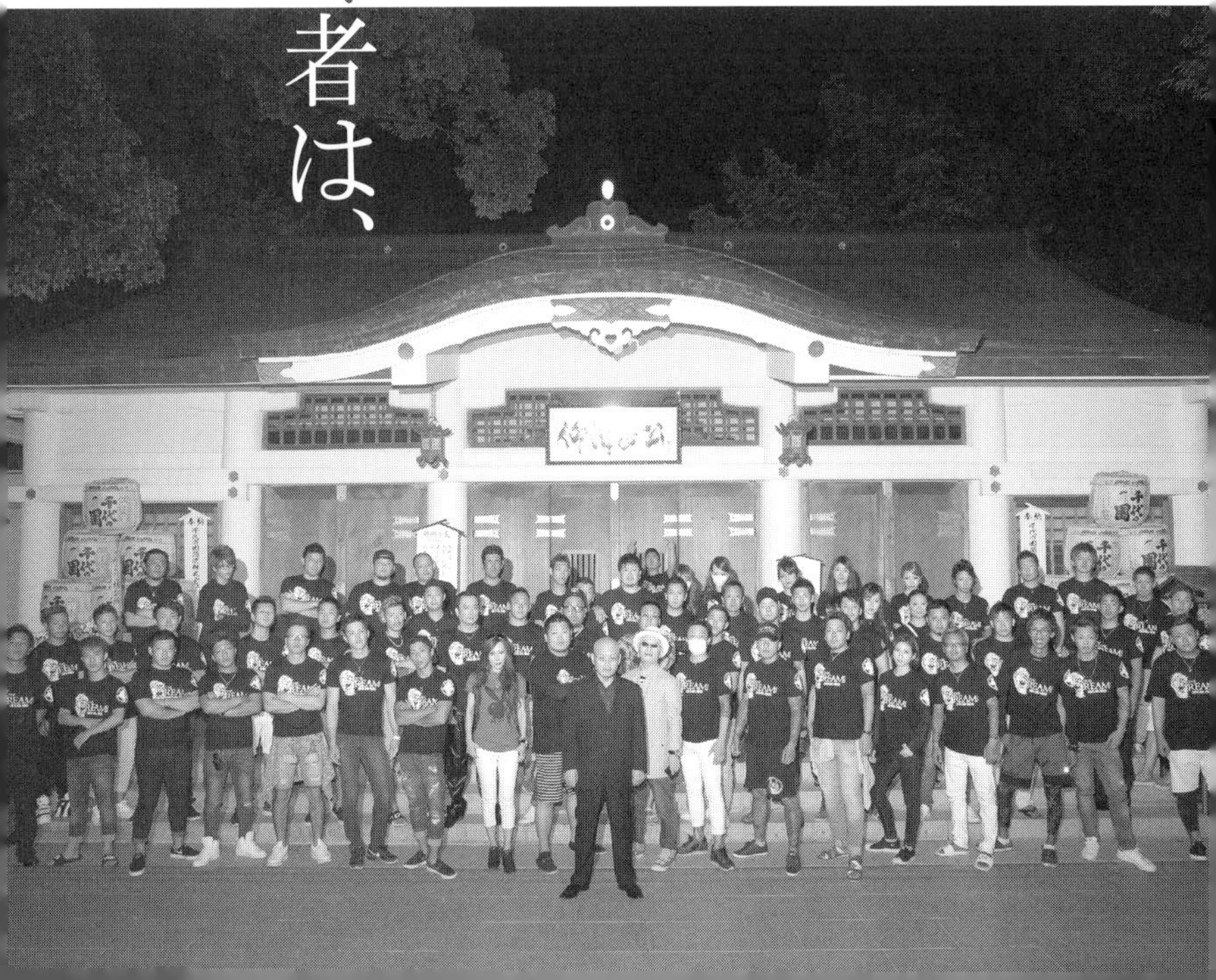

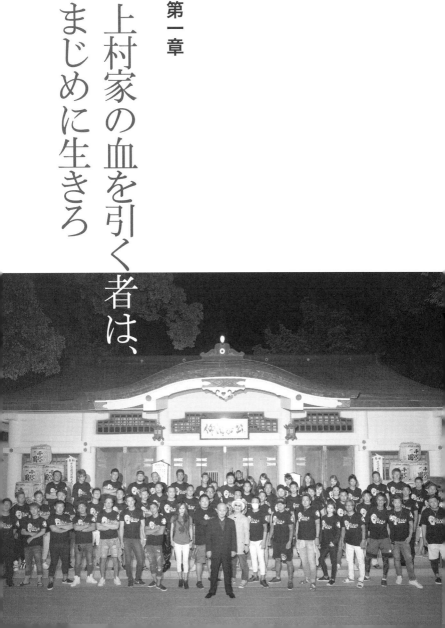

まじめな家族、親戚に囲まれて

私は昭和三十八(一九六三)年一月十日、熊本県の北部、玉名郡玉東町で生まれました。玉東町は、西南戦争の古戦場で国の史跡に指定された田原坂《たばるざか》の隣の町です。キャッチフレーズは「みかんと史跡の里」。あたりにはのどかな田園風景が広がり、みかん、紅あずま、梨、スイカなどが生産されています。

名産品は「木葉猿《このはざる》」。型を使わず指先で粘土をひねって作る猿の人形で、三匹猿、子抱猿、飯喰猿などがあり、悪病・災難除け、子孫繁栄などのお守りとされています。

玉東町は、七十年代〜九十年代ごろまでは人口六千人の町でした。今は五千余人ほどです。

家族は、両親と弟の四人。

平凡な家庭でした。家柄と言いますか、家族も親戚もみんなまじめでしたね。

親父の上村規民《のりたみ》は、おふくろの兄（私にとって母方のおじ）が営む松川運送という運送会社の経営に加わっていました。

毎日夕方五時には家に帰ってきて、ミカン収穫の時期は、昼間母親が収穫したミカンを詰めた二十キロものコンテナを出す作業。それから七時くらいに風呂に入り、八時くらいまでに食事を終えて、テレビで野球観戦。

親父は野球が好きだったんですよ。巨人ファンでしたね。自分でも昔、野球をやっていてピッチャーですごかったらしいですよ。

たまにキャッチボールをすると、カーブなんか平気で投げてくる。全然取れません。それくらいすごかったです。

親父は昭和九年生まれでしたけど、身長は一七五センチはありました。親父の兄（父方のおじ）も、二人とも背が高かった。

野球がうまく体格的にも恵まれ、高校に「野球特待で行け」と言われたらしいのですが、家に経済的な余裕がないため進学は断念。母親（私にとっての祖母）と一緒に農業をやっていたそうです。

母方のおじが運送会社を立ち上げたタイミングで、親父は車の免許をとって手伝いに行くことにしました。一応、専務という肩書をもらったらしいです。

おじも事業をゼロからスタートしたわけですから、倉庫を建てたりトラックを購入したりするためにカネや保証人が必要。そういうときにうちの実家の畑を担保に入れたり、親父が保証人になったりしていたようですね。

この運送会社を営む母方のおじは、もともと特攻隊の残党だと聞きました。あと一週間、終戦が遅かったら突撃していたそうです。腕に文字と、眉紋を彫り込んでおり、いつも隠していたことを覚えています。

運送会社には、子どものころ夏休みや冬休みに親父に連れられてよく行っていました。いろんな運転手さん、おもしろいおじさんたちがいて、トラックに乗せてもらって福岡のラーメン屋さんや、いろんなところの食べものを食べさせてもらうことが楽しみでした。

父方のおじは高校を卒業して玉東町の役場に長く勤めていて、最後は総務課長までなって退職。その後、玉名中央病院の理事長になり、また役場に戻って「町長になってくれ」という話が出てきた矢先にがんで死にました。玉東町の歴史を記したぶ厚い本にも名前が載っています。とにかく厳格なおじさんでした。

親父自身も、六十一歳でがんでなくなりました。

親父の父親（私にとっての祖父）は、ばあちゃんと結婚して上村家の養子になりました。学校の先生として働いていましたが、三十二歳という若さでがんで亡くなったそうです。まだ親父が三つのときでした。

その後、ばあちゃんが女手一つで、親父とおじを育てたんです。ばあちゃんは役場に勤めていました。

上村家には田畑が一町六反ほどあります。周囲の専業農家と比べたら小さいほうです。地元の農業一本のところは六町、七町はありますから。

実は、戦前、上村家はかなり広大な土地を所有していたそうです。祖父祖母も、人に土地を貸して儲けていたらしいんですね。ところが戦争に負けて、マッカーサーがやって来て、土地の名義を、その当時貸し付けていた人に変えてしまったというんです。

そのことがよほど悔しかったのでしょう。祖母はよく、

「マッカーサーが来て土地を取られた」

と恨み節を言っていました。それがきっかけで上村家の暮らし向きはかなり厳しくなったわけですから、恨むのも仕方ありません。

さらにさかのぼり、武家に名字があり百姓に名字がなかった時代、お金を上納すれば名字をもらえるという制度があり、「うちは玉東町で二番目に名字をもらった」そうです。これも祖母が言っていました。

こうした家なものですから、

「上村家の血を引く者は、まじめに生きろ」

という縛りが暗黙の了解のようにありましたね。

そんな上村家に嫁いだおふくろは、上村家の土地を守るべく百姓になり、コメとミカンを作っていました。

コメとミカンの栽培は、夏と冬だけが忙しい。春と秋は比較的時間が空いています。だから、その間に土方などに出稼ぎに行く農家も少なくありませんでした。うちもあまり裕福なほうではなかったので、おふくろが親父に「日雇いに出たい」と言ったんです。ところが親父は、

「お前は家にずっとおれ」

と許しませんでした。あれは私が小学校のとき。このことはよく覚えています。

弟とまるで正反対

私は小学校のときはごく平凡な子どもだったと思います。成績は小学校三、四年生くらいまではよかったんですが、だんだん勉強しなくなりました。でも、勉強に関して親から何か言われたことは一切なかったですね。

親父と小さいころからテレビで野球を見てきたので、中学に上がったら野球部に入ったんですよ。でも、一週間でやめました。

というのも、走るのが大の苦手でベースランニングだけで相当時間がかかるんです。野球部の監督さんが役場の職員で、父方のおじの部下でした。

「上村さん、甥っ子さんはちょっと野球は……」

と言葉を濁していたそうです。

親父は「なんでもいいからとにかくスポーツだけはしろ」と言ってましたね。

それで剣道部やらなんやかんやと転々として、学校内でなく近くの公民館で柔道をやっていると聞きつけて、一度見学に行きました。体験入部のような形です。そのときに基礎を教えてもらって、やってみたら体格もよかったしおもしろかったんですね。

それで調子に乗って始めてみて数ヶ月。一年の七月には初段を取りました。

柔道は有段者くらいになれば技術が必要になりますが、中学生くらいだと力で勝てます。特に相手が小さければ小さいほど力で勝てる。

私は中学生の時点ですでに百キロくらいはあったので、玉名郡の試合では個人戦ではいつも二位か三位には入賞していました。

絶対に勝てない強いやつが一人だけいたんですが、それは後に日本チャンピオンになりました。そいつだけは本当に別格。二番手、三番手は隣町のやつと争っていました。

正直なところあまり練習熱心なほうではありませんでしたが、体格で結果が残せていました。

中学校は、私が通っていた山北小学校と隣の木葉小学校の子どもたちが一緒になります。知らないやつが混じり合うと、仲良くなることもあれば、ケンカすることもある。

強烈な記憶として残っているのが、入学して一週目くらいのとき。三年生の先輩に「態度がでかい」と言われて、トイレで殴られたんです。このことははっきりと覚えています。

自分からはやり返しはしませんでした。上下関係ですから仕方ありません。

私はそういう後輩いじめのようなことはイヤだったので、私が三年生になったときは一切手を出しませんでした。

「柔道有段者は一般人とケンカをしてはいけない」と先生に厳しく言われていたこともありましたし、上が下をいじめるのは男らしくないという気持ちもありました。

柔道はしばらく楽しく続けていましたが、高校二年くらいからあまり学校に行かなくなり、いつの間にかやめてしまいました。

高校は専修大付属玉名高校。いわゆるボンクラ学校です。

ここでいろんな中学校から集まってきた友だちと遊ぶ時間が多くなりました。学校には行かず、毎日たまり場の家に行って、タバコを吸ったり酒を飲んだり、バイクで遊び回ったり。勉強なんか一切しません。

今思えば、「上村家」という枠が嫌だったんだと思います。

親父は本当にまじめな性格で、世間体を気にする人。父方のおじも役場に勤めていて、ばあちゃんももともと役場勤め。若くして亡くなった父方の祖父も学校の先生。

こういう家系が窮屈で息が詰まるような思いがしました。

「俺は、上村家に将来を決められたくない」

そんな気持ちでどんどん周りに流されていってしまった。

父方のおじにも二人子どもがいて、上のいとこは私よりも三つ上。とても優秀で、福岡県大牟田市にある有明工業高等専門学校という五年制の国立高等専門学校に、玉東中学から初めて入学した二人のうちの一人でした。

そして、「それに続け」とばかりに目指したのが弟の千幸《ちゆき》。弟は私とまったく正反対。本当にまじめで上村家の跡取り息子にぴったりのやつでした。

小学校時代までは一緒に遊んでいたこともあったと思うんですが、今振り返ってみると、いじめた記憶しかない。兄弟で仲良く楽しんでいた覚えがありません。

とにかく、性格が全然違う。私は派手な性格ではないんです。おとなしいといえばおとなしい。他人から見たらどうかわかりませんけど。

弟も派手ではないけれど、親に言われたことをしっかり守って、期待にもちゃんと応えるような子ですから、ちょっと合わなかった。

記憶をたどっても弟と一緒にいて楽しかった思い出はありません。

おふくろいわく、弟は生まれもって頭がいいわけではなかったらしいです。頭のできはふつう。だけど、たいへんな努力家。

コツコツ、毎日努力を積み重ねる。そんな姿もまさに上村家にぴったり。

生活スタイルは私と弟じゃ正反対でしたね。

高校時代、弟は夕方学校から帰ってくるとすぐに仮眠を取って、夜九時ごろ起きて風呂に入ってごはんを食べ、毎晩朝四時ごろまで勉強していました。それから二時間ほど寝て、電車に乗って学校に通っていました。本当にしっかりした弟です。

一方、私はというと、毎晩十一時ごろ、親が寝静まったのを見計らって家を抜け出して、街へ出て遊び、夜明け前に帰ってくる。それからしばらく寝て、昼間は学校には行かずにダラダラ過ごしたり、また遊びに行ったり。

私が夜遊びから帰ってくる時間は弟はまだ勉強していましたし、私が寝て起きる昼にはもう学校に行って、家にいない。だから、弟が眠りこけているような姿はあまり見たことがなかったですね。会話した覚えもない。それくらいまじめなやつでした。

田舎の小さな家だったので、二階は平屋の屋根裏を改造したようなつくりになっていました。弟の部屋を通らないことには私の部屋には行けない。だから、いつも机に向かっていた弟は、私が夜抜け出すところも、女を連れてくるのも、すべて見ていました。

弟がそれだけしっかりしていたので、もう「上村家は弟にまかせるぞ」という気持ち。それは私の勝手な判断で、弟に了解を得たこともないですけどね。でも、親父もおふくろもそう思っていたはずですよ。

熊本を出て大阪へ

上村家のまじめな空気が嫌で嫌でたまりませんでした。勉強しろ、いい仕事を見つけろ、立派な大人になれ、コツコツ努力しろ……そうやって言葉で直接言われたわけではありませんが、上村家の人々の生き方を見れば、おのずとそうなる道を選ぶしかありません。

そんなのはまっぴらごめん。高校を卒業したら、絶対に熊本から出ると決めていました。

当時、付き合っていた女の両親も厳格で、彼女も「熊本を出たい」と言う。

その女は、後輩のお姉さん。私より二つ年上でした。今考えれば、はっきり言ってブスでしたね。でもいいやつでした。

彼女のお母さんと、私が仲良くしていた同級生のお母さんが姉妹という縁があったり、彼女の家も運送会社を営み、うちの母方のおじも運送会社というところも共通する。育った環境がどことなく似ていて、気が合うところがあったんでしょうね。

よし、二人で一緒に熊本を出よう。もう絶対に帰らない。

彼女と話し合ってそう決めました。しかし、熊本を出てどこに行くか……。そこで思い出したのが、おふくろの姉さんです。おばが大阪で暮らしていたので、頼って行こうと思いつきました。電話をすると、

「そんなだったら一回遊びにおいで」

と快諾してくれました。

彼女の弟も「大阪の調理師学校に行きたい」と言うので、三人で大阪へ。彼女の弟は寮に入り、私と彼女は一緒に暮らすことになりました。

大阪のおばは、私が子どものころは年に二回くらい、熊本に遊びに来ていました。結婚はしていたけど子どもはいなかったせいか、一週間くらいずっと泊まって遊んでいるんですよ。なんか自由気ままな雰囲気でしたね。

ストロボカメラが出始めの時代に、それを持って遊びに来ていてよく撮ってくれました。服装や態度も垢抜けていて、性格も明るく快活。子ども心に「かっこいいおばさんだな」と好感を持っていました。

「熊本を出たい」と言っても頭から反対せずに「おいで」と言ってくれる。やっぱりおばさんだな、頼ってよかったなと安心しました。

しかし、いざ大阪に行ってみたら、熊本に来たときの華やかなおばさんのイメージとは少し違いました。

住んでいるところは町営住宅というか長屋というか、二部屋くらいしかなくものすごく狭いところ。彼女と私が行っても泊まるスペースがまったくありません。かっこいいおばさんだと思っていたけど、現実はこんなものかと少し寂しかったですね。

働き口兼住まいとして、おばさんの旦那さんの弟が勤めているパチンコ屋を紹介されました。

大阪の商店街のなかにあるパチンコ屋。一階が店舗で、二階が従業員の寮になっていました。これでとりあえず住むところと仕事は確保できたわけです。

店長さんは山下厳さんという方。四十歳くらいでしょうか。

「熊本から来ました上村です。お世話になります」

「おお、熊本出身か！　俺は鹿児島だ」

同じ九州のよしみということですぐに打ち解けることができ、山下さんの運転手のような形になりました。よくかわいがってもらいましたね。

山下さんは、見た目からして金持ちのオーラが漂っていました。身長は一七〇センチくらいと普通なんですが、細身でスラッとしてモテそうな雰囲気。スーツを着ることもあるんですけど、普段着はカラーシャツで、その着こなしがまたかっこよかった。

勤め始めてほどなく知ったのですが、どうもY組系の、今でいう企業舎弟だったようです。トランザムなどの高級車を新車でボンボン買ってくるんですよ。

「達也、よろしくな」

と、その高級車のキーを投げる。買ったばかりのピカピカの車の運転を私がするわけです。びっくりしました。

何かというと「これで遊んでこい」と小遣いを潤沢にくれました。熊本から一緒に来た彼女はパチンコ屋のカウンターで働いていましたから、大阪では何不自由なく楽しく暮らすことができました。

でも、一年くらい経ったころでしょうか。都会の水が合わないというか、里心というか、どうしても熊本に帰りたくなってしまったんです。家に帰りたくないという気持ちは変わらなかったけれど、毎晩のように街でワイワイ楽しんでいた地元の仲間と会いたい、また遊びたい、という気持ちが日に日に募っていきました。まだ二十歳になるかならないかくらいですから。

彼女も実家の親とちょこちょこ連絡を取り合っていたようで、帰りたくなってきたようでした。

ちょうど私の成人式が地元で開かれるというので、「一回、熊本に帰ってみようか」という話になりました。

一回熊本に帰って仲間たちと遊んだら気が済むかと思ったんですが、逆にもう仲間と離れがたくなってしまって、やはり大阪には戻りたくなくなってしまった。

山下さんが「もう一回戻ってこい」と私を呼び戻しにわざわざ熊本まで来られたのですが、やはり大阪にはもう戻れなかった。

一度だけ大阪に行きましたが、それは山下さんにきちんと挨拶をするため。

「やっぱり自分は熊本に帰ります。今までたいへんお世話になりました」

大阪には未練はないけれど、山下さんとの別れはつらかった。山下さんはいつも大らかで、怒ったときは厳しかった。でも手を挙げたことは一切ありませんでした。

「お前は犬や猫じゃないから、人間だから自分で考えられるだろう」

そんな山下さんの言葉や思い出が次々に頭に浮かびました。

「本当に、ありがとうございました」

私が深々と頭を下げると、山下さんは潔く「わかった」とうなづきました。

「これを持ってけ」

投げた茶封筒の中には、三十万円が入っていました。三十四年前の、まだ二十歳の若者にポンと三十万円をくれたのです。

これが男というものか。

そう感じたのは、そのときが初めてですね。

山下さんは若造の私を軽んじることなく、いつも親身になって時に優しく、時に厳しく、本当の兄貴のように接してくれました。そして、常々こんなことを言っていました。

「いいか達也、人を最初から信用してはいかん。疑ってかかれ」

そのくらい慎重に自分の人生を考えろ、ということなのだと思います。でも、当時は全然意味がわからなかった。

今、時を経て自分の下にいろいろな人間がいるようになって、山下さんがおっしゃってた意味がよくわかります。そのときに私が受けた感激を、若い子たち、私の子どもやその配偶者たちに伝えていきたい。

今この子たちに私が伝えたいことを形として残して、後輩につないでいきたい。

若い子たちを見ていると、いつも山下さんの顔が思い浮かびます。あのときの山下さんも、私のことをこんな気持ちで見ていたのでしょうか。

第二章

お山の大将で終わるのか、〝熊本の上村〟になるか

〝雲の上の人〟との出会い

約一年間の大阪暮らしを経て熊本に帰ってきて、まず仲間たちと会えた喜びがありました。隣町に石川という高校時代からの友人がいるんですが、毎晩そいつと一緒に遊びに出かけました。

何をするかというと、今で言うナンパ。

夜な夜な街に繰り出して、女の子に声をかける。今も熊本にある「シャワー通り」が、当時のお約束のナンパスポット。

今となっては髪の毛のカラーリングなんてちっとも珍しくありませんが、当時はちょっと髪の毛が明るい色なら遊んでいる女。ナンパの格好のターゲットとなっていました。

遊んでいそうな女ばかり狙ってはいたけれど、そうそう成功しないのがナンパです。仲のいい女の子を利用して気になる女の子を連れてこさせるなどもしていましたね。

そうやって街に出ては、いろんなところから熊本に集まってきた若者と仲良くなったりケンカしたり。街を徘徊して、ただみんなでワイワイいるのが楽しかったんです。

定職には就いていませんでした。まじめに仕事を始めたのが三十六歳。それまではカネは「親に言えば出してもらえるもの」という認識でした。親父もおふくろも、もう諦めに近かったんじゃないかな。

大阪に一緒に行った彼女は、やはり一緒に熊本に帰ってきてしばらくは交際が続いていましたが、結局、仲間と遊ぶ時間がほしくてだんだん疎遠になってしまいました。しかも、街で違う女性と知り合うことで、「こいつはブスだった」と気づいてしまって。ほどなく別れました。

〝雲の上の人〟と出会ったのは、大阪から戻ってきて一年くらい経ったころ。二十一歳になるちょっと手前くらいのことです。

いつものように街でナンパ。十八歳くらいの若い女でした。結果的には、車にただ乗せただけで何もしていません。

ところが、その女には男がいた。その男が私たちが女にちょっかいを出したことを知り激怒し、呼び出されたんです。

当然こっちもケンカには負けない勢いで出ていきました。

その男というのが、〝雲の上の人〟の一人であるTさんです。当時、四十歳前くらいでした。

最初はお互いケンカ腰だったんですが、「お前どこのもんだ」などと言い合っているうちに、Tさんと同郷であることがわかった。

「お前、玉東町出身なのか」

「だから、なんだ」

「俺もそうだ」

九州、特に熊本は郷土愛が強い人が多い。「出身はどちらですか」という話になり同郷だとわかるととたんに打ち解けてしまいます。大阪の恩人、山下さんもそうでした。同郷なら助け合わなければならん、という風習なんです。

Tさんも女絡みでトラブった相手でケンカしに顔を合わせたわけですが、同郷だとわかった途端にすっかり意気投合してしまいました。

Tさんは熊本で金融を手広くやっておられて、S組の相談役だということです。

「お前は何をしたいんだ」

「いや、何も……」

「将来のことは考えてるのか」

「いや、考えてません」

「じゃあ、このままお山の大将で終わるのか。それとも〝熊本の上村〟になる気はないか」

今思えば、このとき挑発されたんですね。「お山の大将でいいです」と返事をしていたら、人生はまったく別のものになっていたと思います。でも、男だったらここで「お山の大将でいいです」なんて返事するわけにはいきません。

「熊本の上村になりたいです」

「そうか、だったら会わせたいやつがおるから来い」

Tさんに雑居ビルの中に連れられて行きました。

ドアが開いた瞬間、強そうな同世代の人間が四人ほどいて、正面に大きなデスクがあり、「S組」と代紋が入った細い提灯が神棚の周りにずらりと並んでいました。

そのときに初めて事務所に入ったんです。まったく未知の世界。ああ、こういう世界なんだと妙に感心しました。

大阪の山下さんは企業舎弟みたいな感じだったので、事務所に提灯などは一切ありませんでした。やはり、これは独特の光景です。

しかし、ただボンヤリその光景を眺めていたわけではありません。入った瞬間、男ですよ。同じ年くらいの若者がいたので、「こいつらには負けない」と自分を奮い立たせました。

本音を言えば怖かったですよ。夏でしたからみんなランニング姿。腕から肩からみ

んな全部に入れ墨。入れ墨もそのとき初めて見たんです。私はひとつも体に入れてません。見慣れない姿に異様な感じがしました。それでもとにかく「ケンカじゃ負けない」と構える気持ちになりました。

後から一人、男が入ってきました。この方が〝雲の上の人〟二人目のSさん。昔から数々の武勇伝がウワサで流れていました。私達みたいな不良からすれば憧れのワルです。

当時で三十歳くらい。それはもういい男でしたね。熊本のやくざもんでいちばんいい男ですね。

カラーシャツを着て、やくざやくざして

いない。インテリのような、本当の紳士ですね。今でもそうですけど。

挨拶をして、いろいろな話をしました。家族のことや経歴。Sの実の親父さんは金融業で熊本で有名な人だったそうです。

話をした後に、Sさんは「とりあえず遊んで行きなさい」と、ある男に金を投げました。私はその男に街に連れて行かれて、その晩はスナックで飲みました。

この男は、Aという私の兄貴になる人です。翌日から私はAのところに通うようになりました。

ちなみに、Sさんは一滴も酒を飲みません。必ず朝でも晩でもコーヒー。決まった時間に喫茶店に行くので、私もその時間に行ってSさんに挨拶をして、それから街をブラブラしていました。

Sさんは今はD会のナンバーツーです。D会は、日本の福岡県久留米市に本部を置く指定暴力団。日本屈指の強力な組織として君臨しており、暴力団界においても特に恐ろしい組織と言われています。

私がお会いした当時のSさんは、D会の枝の組織であるH組の頭でした。D会として熊本市内にはじめて進出したということもあり、ほとんどケンカの毎日です。

Sさんを見て、私は山下さんの存在を思い出しました。Sさんの身振り素振りは山下さんにどこか重なるところがあり、大阪の空気が急に思い出されました。大阪を出てから一年くらい経っていましたけど、山下さんに対してはとても思い入れがありましたから、懐しかったですね。

Sさんも山下さんも、男を引きつける何かを持ってらっしゃる方だと思います。何か、急激な流れがあり、あっという間に吸い込まれていったような、そんな感覚がありましたね。

兄貴のAさんは「組長付」という肩書で、言ってみれば組長側近のような役割をしていたので、忙しいAさんの代わりに私が〝親父〟の運転手としてずっとそばに付くことになりました。

激しい抗争が始まる

入ってしばらくして、私が二十三歳のとき。昭和六十一（一九八六）年七月から八七年二月まで、激しい抗争が繰り広げられました。日本最大の組織・Y組とD会の抗争です。

発端となったのは、D会系K一家とI一家系N会との抗争です。まず、熊本県人吉市で銃撃戦が繰り広げられました。

当時のD会会長とI一家総長の二人ともに服役中で社会不在だったことで統率がとれず、福岡県内最大のY組二次団体であったI組が参戦。抗争は激化、激しい戦いになりました。

私が所属するS組もK一家に加勢するため、五十人くらいで人吉入り。私も行きま

した。
長く激しい戦闘の末、九人もの死傷者を出しましたが、最終的にI組組長がY組側の代表としてD会と手打ちし幕を下ろしました。
ここまで抗争が激しくなったのは、独立組織であるD会がY組の九州進出を阻止しようとしたことが背景にあります。D会は一歩も引くことがありませんでした。
当時の熊本は警官だらけ。ものものしい雰囲気が漂っていました。マスコミもこの抗争をセンセーショナルに書き立て、九州のみならず全国の注目を集めることになりました。

このころは、今のスマホのような便利なものはありません。ポケットベル、しかもメッセージをやりとりする液晶もなく、ただ呼び出しの赤いボタンが光るだけのポケットベルしかありませんから、ベルが鳴ったら必ず三十分以内に事務所に電話連絡して指示を受ける決まりになっていました。

いつ緊急事態が起きても事務所に向かえるように、抗争中は全員待機状態。呼び出されたらすぐに行動できるように備えていました。

熊本にD会が初めて進出して、他の組織ともケンカに明け暮れる日々でしたから、何があっても〝親父〟を守ることが私のいちばんの使命。

みんな外に出るときは必ず防弾チョッキを着ていましたが、私は体格がよかったので防弾チョッキのサイズが合わなくて入らない。

しかし何もしないで外に飛び出るのは心もとない。どうしようか……と考え、雑誌を水に浸すことを思い付きました。

分厚い漫画雑誌かなにかを水に浸して腹に当てて、その上からさらしを一本巻く。当然、そんなことで銃弾も刃物からも身を守ることはできません。気休めですよ。今考えればバカみたいですよね。

熊本のケンカはハジくのではなく、まずは刺すことが基本。確実に息の根を止めることが原則です。

モデルガンを改造した銃ばかりですから、ハジいてもどこに当たるかわからない。

「達也、とどめを刺したいなら、刺せ」

と教わりました。

親父につくときはこうして毎日さらしを一本巻くことが日課となっていました。当時兄貴から言われたのが、

「いつ死んでもいいようにパンツと肌着は新品を着ろ。死んだときに汚いパンツを穿いていたら恥だ。お前の恥じゃない組織の恥だ」

教えはちゃんと守っていました。

ある朝、なぜだかわかりませんが、どうしても実家に帰りたいという思いにかられました。もう三年くらい家に帰ってなかったんです。なぜその日に限って帰りたかっ

たのかはよくわかりません。ただとにかくどうしても帰りたかった……。

一九八六年八月六日のことでした。

弟の死

熊本市内から玉東町までは車で約四十分ほどかかります。もし何かあって呼び出されたら三十分以内で行かないとならないので、本当は帰ってはいけません。

それでも、どうしても帰りたくてたまらなかったんです。

こんな思いにかられたのは、後にも先にも初めてのことでした。

若い衆を呼んで一緒に実家に帰ることにしました。懐かしい玉東町、我が家。

すると、家の前に母方のおじの車が止まっていたんです。

「おじさん、どうしてきよったか。何かお祝いか？」

久しぶりですから、親戚が集まるようなことがあるのであれば、なおさら帰ってよかった、いいタイミングだったと思いました。

しかし、どういうわけか玄関から入る気持ちになれなかったんです。そこで、裏口に回ってそっと扉を開けてみました。

開けた瞬間、ばあちゃんの杖が見えました。母方の身内が来ているときに父方の祖母も来ることはあまりことだったので、何事かなと思ったら、家の置くから泣き声が聞こえてきました。

「赤ん坊の泣き声か？　いとこの子どもが来ているのかな」

そう思ったけれども、はっきりと子どもの泣き声じゃない、大人の女性の泣き声だとわかりました。

ばあちゃんの杖、泣き声……、なにかたいへんなことが起きたのかもしれないと思い、鼓動が速く鳴りました。扉を開けたものの中には入るのが怖くなったので、道を挟んで向かいにある父方のおじの家に駆け込んだんです。

夕方の四時三十分くらい。真夏ですから、まだ明るく蒸し暑い空気がねっとりと首筋にまとわりつきました。暑いのに寒気がするような不思議な感覚でした。

おじの家に駆け込むと、おじが茶の間にある黒電話で何やら深刻な顔で話し込んでいました。

いきなり部屋に入ってきた私の姿を見て、たいそう驚いた顔で、「達也か、誰か連絡したんか？」と言う。

「おじさん、何を言っとん？」

「千幸が、さっき死んだと連絡があった」

「は？　なんば冗談いいよる」

「こんなことば冗談で言えるか！」

短いやりとりを交わしている間に、頭の中が真っ白になりました。真っ白のままフラーッとおじの家を出て、再び道を挟んで向かいの実家に戻りました。

先ほどは開ける勇気が出なかった玄関の扉。一気に開けた瞬間、おふくろがこれまで見たこともないような声をあげてわんわん泣き、それを親父が抱いてなだめている姿が飛び込んできました。

親父は私を見て、開口一番こう言いました。

「達也、何しようが帰ってきたか」

「千幸が死んだってほんなこつか」

親父はなぜ私が知っているのか不思議だったのか、あっけに取られた表情。

「なあ、千幸が死んだってほんなこつか！」

父親は黙って頷きました。

おふくろの泣き声がさらに大きく、家じゅうに響き渡りました。

弟は、愛知県豊橋市にある国立豊橋技術科学大学に在籍していました。有明高専を卒業して編入したので二年間通えば大学卒業の資格が得られます。

努力家でコツコツと勉強を続けてきた弟は、さらに大学院にも進学したいと希望しており、親父に頼んでいました。

弟はバイクが好きで、免許を取ると自分でアルバイトした金を貯めて、四〇〇ｃｃのバイクを購入し、大学近辺を乗り回していたそうです。

夏休みには「バイクで熊本まで帰る」と実家に連絡があり、

「バイクなんて危ない。電車で帰って来い」

心配性の親父は弟を止め、弟も素直に従い、「わかった、電車で帰る」と約束したそうです。

そんな矢先の交通事故でした。

豊橋市内でバイクを走行中、女性の運転する車に接触して飛ばされ、内臓破裂で亡くなったと聞きました。

弟はまだ二十一歳ですよ。あまりのショックで言葉を失いました。

豊橋から弟を連れて帰らなければならないというので、私よりも先にカタギになって実家に帰っていた石川という兄弟分に電話をしました。

「兄弟来てくれ、弟が死んだ。一緒に豊橋に行ってくれんか」

私は当時、信号無視かスピード違反かなにかで累積点数が重なり免停中。自分で運転して行くことができなかったんです。

実は、石川も二人兄弟。お兄さんは農協に勤めていたのですが、ある日、朝になっても起きてこない。様子がおかしいと思って寝室を見に行ったら、脳梗塞で亡くなっていたということがありました。

石川がカタギになったのは、そのことがきっかけでした。

隣の町に住んでいるので十五分ほどで駆けつけてくれました。事情を察し、同級生の福島も連れてきてくれました。

抗争中でしたから兄貴にも事情を報告。遠出する許可をもらいました。

玉東町を夜八時に出発。夜通し石川と福島が交代で運転してくれて、朝七時ごろ、ようやく弟が搬送された豊橋市内の病院に着きました。

病院には、先に私のいとこの弟が駆けつけて待っていました。そいつは私と同級生。大学を卒業して、東京の証券会社に就職していましたから、私達が熊本から向かうよりも一足早く豊橋に着いたそうです。

病院に入ると、きちんとワイシャツを着た若い子が三十〜四十人くらい集まっていました。弟の同級生たちでした。

夏休み中の事故でしたが、時間さえあれば勉強するような子たちですから帰省していなかった子も多かったのでしょう。訃報を聞いてすぐに集まってくれたようです。

考えてみれば私は弟の交友関係はよく知らなかったけれども、大学でこんなにたくさんの子たちと仲良くやっていたんですね。

いとこは私の姿を見つけるなり、

「達也、とにかく落ち着け、落ち着けよ」

となだめるように言いました。

「よう落ち着いとるぞ」

大きな病院は、たいてい玄関を入って正面に受付があり、見舞いであれば二階や三階と上の病室に上がっていきますよね。いとこは案内所までも行かずに、手前にあった階段を降りて行きました。

「上がるんじゃなくて下がるのか」

と不思議な気持ちになりました。まだ弟が亡くなったことを受け止めきれていなかったようです。病院に行ったら、「実はケガでした」なんてことがあるんじゃないかと、そんなことを車の中で考えていました。

地下一階、小さな祭壇がありろうそくが立てられていました。

霊安室の入口に二人、見知らぬおじさんとおばさんが立っていました。そのときは「別の亡くなった方の遺族か」と思って気にとめてませんでしたが、後から考えると、それが加害者だったようです。いとこは私の気性を知っていたので、そのときは何も言わなかったんですね。言ったら逆上して何をするかわからないので。

聞いた話によると、加害者は公務員の奥さんだったそうです。坂を上がったところに橋がかかっており、加害者の車は橋の脇道から出てきた。

「橋の反対側と、橋のほうの両方を確認した」と言っていましたが、橋の向こうの下り坂になっている谷間にちょうど弟の運転するバイクが差し掛かっていたんですね。低くなっていたので、姿が見えなかったらしい。

橋の長さは十二メートルほど。バイクが上がってきて橋を渡りきったところで、加害者の車が出てきた。弟はよけようとしましたが、対向車もいたため逃げられずに跳ねられたということのようです。

当初は意識はあったようですが、救急車が到着してまもなく息を引き取りました

棺桶の中の弟の顔を見たら内臓破裂ですから外見は何も傷がなく、まるでぐっすり

眠っているように見えました。

いつも寝ずに勉強していた弟。寝顔なんてまじまじと見たことはなかった。そんな弟が安らかに横たわっている姿を、こんな形で見ることになるとは……。

顔をちょっとのぞいただけで、しっかりと直視することはとてもできませんでした。

バイクの荷台に、実家に着て帰る予定だったラコステの新しいポロシャツがあったと渡されました。

上村家の希望だった弟らしい、爽やかな緑色。何事もなければ、これを着て熊本で親父、おふくろと食卓を囲んで楽しく大学生活の話などしていたことでしょう。

カタギの道へ

ほどなく弟は霊柩車に乗せられて熊本に運ぶことになりました。私たちはその霊柩車のあとを運転して帰ることにしました。

石川と福島は夜通し往路を交代で運転してくれているので、まったく寝ていません。もちろん私も寝ていませんが、かといって復路も寝る気持ちにもなれない。

「帰りは俺が運転するから、兄弟たちは休んどけ」

復路は、免停中の私がハンドルを握ることにしました。

霊柩車の後ろをずっと付いていったのですが、どこかの県をまたいだときに、私が気づかないうちに霊柩車を入れ替えるため駐車したらしいんですね。その様子を見ていなかった私は、霊柩車を見失って「はぐれた」と思い、慌てて猛スピードで熊本まで飛ばして帰ったんです。

結局、私たちのほうが霊柩車よりも早く着いてしまい、あとから別の霊柩車に乗った弟が帰ってくる形になりました。

今となっては笑い話なんですが、免停中の上、「はぐれた」と思って焦って急いだためにこの復路だけでスピード違反で二度も捕まりました。マイナス三十八点です。

葬儀では父方のおじと一悶着ありました。おじは役場で総務課長をしている、おカタい職業の人間です。それなりの「立場」というものがありました。

一方、私は組織に属している人間。自分の親分や直系の組織の親分から、身に余るような花輪や果物が送られてきました。その並べ方を巡って、おじと大阪のおばが言い合いになったんです。

おじは「やくざもんの花や果物なんか並べられん。俺の立場を考えろ」と言う。

おばは、ひとこと。

「いや、令司《れいし》（＝おじの名前）さん、達也は達也の人生があるんですよ。今の達也の人生において、周りの人がこれだけの気持ちを送ってくれるのだから、ここで争うのはおかしいでしょう」

大阪のおばは私のことを本当によくわかってくれる人で、こういうこともきっぱりと意見してくれます。その言葉をおじも素直に聞いてくれ、端のほうでしたがちゃんと並べてくれましたね。

おばは組織に入る直前にもとてもお世話になりました。実は、私はそのときおばと養子縁組をしたんです。

やくざもんですから、いつでも刺した刺されたという場面が考えられます。事件が新聞に載ることもあるでしょう。

「世間に上村達也の名前が出たら、親父やおじさん、弟の迷惑になる。そんなことはできん。おばさん、助けてくれないか」

おばと養子縁組をすることで、戸籍上は私の名前は松岡達也に変わりました。あくまで戸籍上の話なので、おば以外に私の名字が変わったことは誰も知りません。

昔は今とは違っていろいろ緩かったんですね。姓さえ変えておけば問題なかった。

初七日を済ませたあと、兄貴と一緒に〝親父〟のところに挨拶に行きました。親父は流行りのゲームセンターでポーカーをしていました。

「このたびは留守にしてすみません、ご迷惑をかけました」

「おう達也か、お疲れさん」

私事で休んでいたのになぜ「お疲れさん」と〝親父〟に言われるのか、意味がよくわからず、兄貴と二人で顔を見合わせました。〝親父〟は「俺には子が何人もおるからな」と言いました。実際、若い衆が三十人ほど〝親父〟を実の親のように慕っていました。

「俺には子が何人もおるが、お前の家は弟さんが死んだら、お前しかおらんじゃないか。そうだろ？　今までご苦労さん」

それはつまり、「カタギになれ」と言うことでした。

抗争中、いちばん〝親父〟の力にならなければいけないときに、男商売をやめなければいけない。とても無念なことでした。

しかし親の言うことは絶対です。どんなことがあろうと、親の言葉に刃向かってはいけない、そういう世界ですから、親が「カタギになれ」と言ったら、「いや、俺はカタギにならんです。ずっと親父のそばにいます」なんて言い返すことはできません。その日でおしまい。きっぱりと辞めることにしました。おばと養子縁組して変えていた姓も、元の上村に戻しました。

それにしても、本当に「虫の知らせ」というのはあるものなんですね。三年も家に帰っていなかった私が、あの日だけ「どうしても実家に帰らなければ」という思いにかられたのは、弟が呼んでいたのかもしれません。

そのときよく通っていたクラブのママさんは、

「弟さんは、お前の代わりに死んだんだよ」

と言っていました。

確かにその通りだと思いました。あの激しい抗争では、いつ撃たれても刺されてもおかしくない状況。常に死と隣合わせで、生きている心地がしない状況でした。

あの日だって実家に帰らずに街にいたら、通りすがりに刺されて死んでいた可能性も大いにあるわけです。それくらい死に近い日々を過ごしていました。

生死の境目を綱渡り状態でフラフラと歩いていた私が生き残り、順風満帆、輝かしい将来を約束されていた弟が突然死ぬ。そんなこと誰が想像したでしょうか。

人間の運命は予想がつきません。本当にいつ何が起きるか、誰もわからないのです。

第三章

運送会社社長奮闘記

おじの運送会社に勤めたものの……

組織にいたのは三年弱くらいでしょうか。弟が死んで組織とはすっぱり縁を切りました。二十三歳のことです。

でも性格は変わりませんから、相変わらず街をプラプラする生活を送っていました。カタギになっても生活パターンは変わりませんから、喫茶店、床屋など街のさまざまなところでいろんな組織の人間と出くわすわけです。現役のときはいろんな組織ともめますよね。そのことを覚えていて、ちょっかいを出してくる若いやつもいました。そいつを殴るなどして四回ほどパクられました。

「カタギになったら仕事をしなければならん」

ということで、母方のおじが営む運送会社に働きに行くことになりました。おじはそのころ町会議員になっていました。そこで、おじの娘二人のうち長女が松川運送を継いで、婿養子をもらってその旦那さんが「専務」という肩書きで、実際の経営を仕切っていました。

私の親父も長く勤めていましたが、弟が死んで学費や仕送りする金が必要なくなったために運送会社をやめて、母と二人で農業に専念することにしました。

それでもやはり職場の従業員からすれば、私は「上村さんの息子さんが来る」という扱い。初めのころは「やくざしとったらしいぞ」というウワサが駆け巡っていたようで、みんなどこか構えていたような雰囲気を感じましたが、私は「カタギになった以上はちゃんとしないといかん」「仕事だけは負けたくない」というまじめな気持ちで臨み、組織の者だったなんてことはみじんも思わせないように務めました。

そのせいか、だんだん「達ちゃん、達ちゃん」と呼ばれるようになり、慕ってもらえるように。

すると、そのうち経営サイドに言いたいが直接言えないような会社内の問題や不満を、私に訴えてくるようになりました。

「希望しても行きたいところに行けない」「仕事量に対して給料が安い」「今度新車がきたら俺が乗りたい」……一つひとつは小さなことなんですが、従業員それぞれが訴えてくるので積もり積もって結構な量になります。

私もこういう男気を重んじる性格ですから、聞いたからには受け流すことなくいちいち専務に伝えにいくわけですね。しかし、専務はいつも、

「わかった、考えておく」

それでそのまましばらくしても何も音沙汰がない。そのうち、文句を言ってきた人が、

「達っちゃん、あの件、どうなりました?」と確認に来ますよね。

私もまた専務に「専務、あの件どうなりました?」といちいち確認しに行く。それでも「わかった、わかった」と生返事が返ってくるだけ。訴えを直接聞いた私は答えられない。

やくざしていたときの舎弟を会社に入れていましたから、舎弟からも「兄貴、なん

でがん？」と言われてしまう。「とりあえず待っとけ」と言うけれども、いつまでも待たせとくわけにもいかないし、待てるわけがないでしょう。

仕方がないから、専務を飛ばしておじのところに直接言いに行くと、

「お前がまだそこまで心配する必要なか。お前はそういう立場でない」

と軽くあしらわれてしまう。

専務の決断力のなさ、下からの突き上げ。板挟みになった私は、仕事以外のこうした細かなトラブルで精神的に追い詰められて行きました。

ああ、もうダメだ。

「もう辞めます」

とおじに言いに行きましたが、答えは「もうちょっと待っとれ」。

のちに会社を経営するようになって初めて理解できたのは、専務には決定権がないということですね。おじが社長なのだから、答えたくても勝手に答えられない。今なら、当時の専務の気持ちがわかります。しかし、あの時はガキでしたからまったく理解できず、「なぜ即答できないのか。この会社はなんなんだ？」と不思議に思い、おじに何度も「おかしい」と言いにいきました。

おじはおじで町会議員をやっていたので、ほとんど現場に来ず細かいところは専務にまかせっきり。会社はもともと玉東町にあったのですが、当時、アパレル産業が流行りだしたので運送の敷地に縫製工場を建ててその経営も始めたんです。そのため運送会社を菊水町（現・和水町）に移転させて忙しかったころでした。

おじの会社に入って三年。「もうやめる」と言い始めてから半年。

三回目でやっと「わかった」と了承を得て辞めさせてもらいました。連れてきた舎弟も一緒にやめました。

あとから聞いたら、当時、隣町の運送会社の経営が傾き始めたと聞きつけて「そこを買収して達也にまかせようか」とおじは考えていたようです。私はまだ若かったですから、「三十くらいになったらまかせよう」と。だから「辞める」と言っても、「もうちょっと待っとれ」と何度も引き止められたんですね。

さて、運送会社をやめてどうするか。

兄弟分の石川はカタギになって、農産物の産地で生産者のところから市場まで運んで並べる仕事をしていました。そのため四トン車を三台ほど所有していました。

その一台を分けてもらうことになりました。

初めての結婚、娘が誕生

二十六歳になったばかりのころでした。石川に四トン車を分けてもらって独立。地元にある山田青果市場の集荷の仕事を始めました。とはいえ基本的に仕事をするのは大嫌いでしたから、一緒に運送会社をやめた舎弟に運転させて、自分は街でずっと遊んでいましたね。弟が亡くなったときに、免停中に運転してスピード違反をし、三年間免許が取れなかったのもひとつの理由です。免許がなくては運送業はできませんから。

そんなある日、行きつけのスナックのママが、

「今度新しい子が入ったのよ」

と女を紹介してくれました。それが最初の女房です。会ってすぐに意気投合しました。

女房は妹と二人で実家を出て、熊本駅近くの春日町というところにアパートを借りて妹と二人で暮らしていました。そこに転がりこんで。妹と三人で共同生活みたいな形になりました。

ほどなく、女が妊娠したので籍を入れることになりました。いわゆるできちゃった婚です。

結婚したから、子どもができたからまじめに働かなければ……ということは考えませんでした。独立してから現場に出たことはほとんどないですね。

困っているとたいてい誰かが来て助けてくれていました。

それでもどうしてもカネに困ったら、「親に言えば出てくるもの」と思っていました。まずはおふくろに頼む。おふくろから親父に頼む。なかなか首を縦に振らない。それでもしつこく頼みに行く。最後の最後にはなんだかんだ言いながら出してくれたんです。

甘いといえば甘いですよね。弟が死んで死亡保険金が入りましたし、余裕が出たというのもあります。それに当時、私もグレーな部分にいたため若い衆がいたんですね。そいつらを食わせなければなりませんでした。でも定職はないわけで、日々恐喝。いろんな儲け話を聞きつけては、そこに行って小遣い稼ぎをしていました。

傷害容疑で捕まったのは、二人目の子が生まれてすぐのことでした。その前にも組織に属しているときにケンカでパクられています。ただそのときは初犯ということで、執行猶予が付きました。

しかし、今回は二度目ということで併合されて一年八ヶ月の実刑を喰らいました。初めての刑務所はとにかく一日も早く出ることしか考えてませんでした。刑が短かったから、ほとんど満期までいましたが、どこでも住めば都ですよね。諦めの境地です。中の人間とはしゃべることはしゃべりましたが、八割がた聞き流すだけ。住所ももちろん教えません。

カタギになったとはいえD会という看板を背負っていたので、中には知っている人もいたけれども、カタギになった以上、おとなしくしているしかありません。ただ淡々と日々の作業をこなして、時が過ぎるのを待つだけ……。

ちなみに、その後も傷害、恐喝、交通違反などなどあるもんで、前科十三犯です。拘置所生活を淹れたら、社会不在が通算で五年ぐらいあるのではないでしょうか。

私が刑務所に行っている間、女房は実家に帰って二人の娘を育てていました。ようやくシャバに戻ってきて、一家四人で熊本市内に引っ越しました。しかし、それからまた一年弱ほどして、上の子が小学校に入り、下の子が年長になってすぐのころ、朝からいきなりアパートに警察が来て、女房の前で手錠をかけられ連れていかれました。また、ケンカでパクられたんです。

まだ子どもも小さいのに二度目の逮捕ともなると、さすがに女房の両親も大激怒。

「あんな男とはもう別れなさい！」

刑務所のなかで離婚届けを書かされ、離婚が成立しました。

女房が提示した離婚の条件は、「慰謝料も養育費も一切いらないから、下の子が中学に上がるまで一切会わないでくれ」というもの。

「いや、養育費を払うから会わせてくれ」

とお願いしましたが会わせてくれませんでした。

娘たちの成長が気になりますし、女房の勤務先も知っていましたけど、「絶対会わない」と約束させられていましたから、この約束は守るしかないと腹をくくりました。

女房には「悪いことをした」という罪の意識もあったんです。だから、条件を飲むしかありませんでした。

長女は亜里沙《ありさ》、次女は千夏《ちか》と言います。次女の名前は親父が付けました。弟・千幸の一字を取って、夏に生まれた子なので「千夏」です。

ウェイズを立ち上げる

実は当時、私は浮気をしていて、最初の女房と平行して女がいたんです。そのことを女房も気づいていたようでした。

その女は、女房と住んでいた地域にヤクルトの配達をしていました。娘たちがヤクルトが好きなので、定期的にとっていたんですね。

たまたま私が帰って昼寝をしているときにピンポンが鳴ったので出てみると、彼女がいた。そういうことが何回か続くうちに自然と会話を交わすようになりました。しかし、彼女もまた結婚しており、旦那とは別居中ではありましたが子どももいました。いわゆるダブル不倫です。

そんなときに私が刑務所に入り、離婚。

会社経営に必要だったローンが月々八万円あったので、刑務所に入る前に最初の女房に売上代金三百万円を預けてありました。月々八万円ですから一年間で九十六万円あればよかったのですが、女房を信用して預けていた。

ところがそれは三ヶ月目から支払われていませんでした。刑期を終えて帰ってきたら、私はブラックリストに載っていました。

刑務所から帰ってきてほどなく、ヤクルトの彼女との間に長男ができました。それで二度目のできちゃった婚。

前女房との離婚の際、前女房が会社の保証人であった部分もあったのですべてを精算し、残ったカネは全部、二番目の女房になる女に渡しました。

息子の名前は、亜規也《あきなり》。アジアの「亜」に、私の親父の名前から取った「規」、私の「也」を付けています。

玉東町のすぐ隣の鹿央町に彼女の実家があり、その土地を借りて平成十四年八月、運送会社を立ち上げました。それがウエイズ。初代代表は二番目の女房です。

しかし、二番目の女房とは結局三年半で別れました。原因は、性格の不一致や私の

女遊びもあったんでしょうけど、一番は「商売人が怖かった」ということでしょうね。
向こうの両親は、スイカとコメの農家でした。だから春先と秋口しか稼げません。年収三百万円ほどの家庭です。
一方で、トラックは一台二千～三千万円くらいします。両親の感覚からすると、「そんな買い物なんてありえない。儲かる保証がないのに買うなんて」という気持ち。リスクを取ることが怖いわけです。
といっても、女房を保証人にしたわけでもなんでもないんですけど、ただ「もし何かあったら家から土地から財産からすべて持っていかれる」という恐怖があったのでしょう。

私たちが仲良くやっているときはまだよかったんですけど、女遊びやら何やらでだんだん衝突が多くなっていくと、商売に関しても亀裂が入っていきました。

もともと女房の両親もちょっと変わってました。実家に両親と女房の姉さんがいたのですが、一回も泊まったことがない。

意外と私はフレンドリーな性格なので、結婚したら、実家に泊まりに行くのは当たり前と思っていました。しかし、二番目の女房の家は、年末年始の挨拶に行っても昼間に行って夕方帰る。「泊まっていきなさい」という雰囲気を出さないんです。まるで私たちは招かざる客のような扱いです。

両親には両親なりの理由がありました。もともと別居中とはいえ女房も結婚していました。そこへ私と浮気、離婚してできちゃった婚したものだから、両親は自分の娘を許していなかったんでしょうね。私もその延長線上で見られてしまったんです。孫はかわいいけれども、私に対しての歓迎ムードは一切なかった。

それで亀裂は決定的となり、突然、女房側の弁護士が入りました。代表を女房にしていましたから入金口座も持っていかれていたんです。

従業員は五人くらいしかいませんでしたが、給料を払おうにも私では口座の金が下ろせない。さらに、女房の実家の土地を借りて建てていた車庫は出ていってくれと通達が来る。これは困りました。

そのとき助けてくれたのは、今から六年前に亡くなった父方のおじ。前田さんという農協のお偉いさんをしていた人です。

前田さんは、私たち二人が結婚するときに、式は挙げなかったけれども、仲人として身内のお披露目を取り仕切ってくれた人でした。女房の実家・鹿央町と前田さんの実家・山鹿市はすぐ近く。女房の実家も農協の組合員だったという縁もありました。

その前田さんが給料や燃料代を貸してくれて、それで生き延びることができました。さらに、菊池郡合志町に新しい車庫を借りて会社を移すことができました。

DVで訴えられる

もともと大勢でワイワイ楽しく飲むことが好きで、しょっちゅう街に飲みに出ていて、毎月七十～八十万円くらい使っていました。

これだけ使うなら、自分で店を営んだほうが安上がりじゃないか。

そんな安易な考えでスナックを開店することになりました。ママは、懇意にしていたスナックの女の子を引き抜いて雇いました。

店の名前は「エピローグ」。当時、チャゲ&飛鳥が好きでよく聴いており、「終章（エピローグ）～追想の主題」という曲が大好きだったんです。男女のせつない別れを女性の気持ちで歌った歌。

あまり深く考えないでつけたんですけど、「エピローグ」って終章ですから、最初から「終わってた」んですね。

というわけで、わずか二年ほどで店を閉めることになりました。窮地を助けてくれた父方のおじの前田さんもよく飲みに来てくれていたんですが。「プロローグ」にすればよかったのかもしれないですね。

店を閉めてからは、運送一本でいかざるをえなくなりました。

石原慎太郎が東京都知事になって数年経った平成十五（二〇〇三）年、東京都を始め、千葉、埼玉、神奈川でも「ディーゼル車規制条例」が始まりました。

環境規制に適合しない商用ディーゼル車は、対象地域内を運行することができなくなったんです。排出基準を満たさないディーゼル車を運行させた者には、運行禁止を命じられ、命令に従わない場合は罰金が課せられる。

うちは長距離の運送も請け負っていましたから、首都圏の法律も商売に大いに関係します。今後も長距離運送を続けるなら、車両を買い換えなければならなくなりました。

これはお金がかかるぞ……。

頭を抱えて迎えた平成十六年。意を決してウエイズで初めて新車を買うことにしました。

しかし、刑務所から出てきたときにブラックリストに入ってましたから、ローンがまったく通らない。これではトラックは買えません。諦めるしかないのか……と思ったら、抜け穴がありました。

買い主は法人の「有限会社ウエイズ」として、保証人が私個人とすればすんなり通ったんですね。行き止まりのように見えても、必ず抜け道があるものですね。

これで古い車を一気に処分して、七台もの新車を入れることができました。私用にレクサスとベンツ二台も所有することとなりました。私は車が好きなんです。それも運送会社を始めた理由のひとつです。

しかし、そのときは燃料がじわじわと上がってきていたころ。入ってくる金と燃料代、高速代を払えば、人件費は出ても車代は出ない。このままではつぶれるという危機感がありました。

しかし、中小企業に対する国のセーフティネット保証制度で満額の四千万円を借りることができて持ち直すことができたんです。

いったんブラックリスト入りしたけれどもどうにかこうにか車が買え、燃料代に圧迫されても国の助けによって元気を取り戻すことができた。「この信用は絶対に失えないぞ」という意地が湧き出てきました。

そんな時に知り合ったのが、のちに格闘技に携わるきっかけとなった鈴木由美という女性。彼女は、私の「エピローグ」が入っていたビルの八階でスナック「メンバーズＹＯＵ」を営んでいました。

私は、由美の姉のあすかと付き合って同棲していましたが、結婚はせずに別れました。

あすかとは別に、たまたま行った飲み屋で知り合った女性との間に子どもができて、できちゃった婚しました。娘は、私にとっては四人目の子どもで、三番目の娘となります。うちの母親が麗子なので、その「麗」をとり、「麗奈」と名付けました。

そのころの私の生活パターンは、朝八時に起きて合志町の車庫まで約一時間かけて向かい、昼まで各車配送の予定を組んで、昼の一時から二時の間に帰宅。そこで一時間ほど昼寝をして、夕方、熊本の田崎中央市場内にあるお客さんのところに行って荷物の積み込み。

昼に「今日は何時ごろ帰るぞ」と女房に電話を入れることが日課となっていました。

麗奈が生後半年になったころ、いつものように昼に女房に電話をしたけれども出ずに留守番電話に変わりました。

「いつもすぐに出るのにおかしいな」

少々不思議に思いましたが、何か用事でもあったのでしょう。女房のいとこのお母さんが近くで喫茶店を営んでいたので、そこに行っておしゃべりでもしているのかと考えて気に留めませんでした。

そのまま帰宅して玄関に入り、リビングのソファに座って一息。女房も麗奈もいません。

一階はいつもと違う様子は何もありませんでした。でも、感覚としてなにか雰囲気違うなと思ったんですね。

それで、二階に上がって夫婦の寝室に入った。なんら変わりがありません。最後に子ども部屋。ドアを勢いよく開けました。

部屋のなかには、麗奈のために買った折りたたみの高級ベビーベッドだけ。それだけがポツンと置かれており、それ以外は何もかも、たくさんあった麗奈のおもちゃも一つも残らず一切ありませんでした。

慌てて、寝室のクローゼットを開けたら女房の服もバッグも全部なくなっている。女房が麗奈を連れて出ていったんです。

その日まで女房がこんなことを企てていたとは、まったく気づきませんでした。

「あいつがこんなことをするとは……」

何かの間違いじゃないかと驚き、それからはずっと女房を探す日々です。

女房には平成十六年年末に軽自動車を買ってあげていたのですが、その車もなくなっていたので、まず車を探すことにしました。従業員にも協力してもらってしばらく探していましたがなかなか見つからない。

自分たちの手には負えないとわかり、探偵を雇うことにしました。するとすぐに居場所が見つかりました。

報告書をもらい生活パターンについて聞くと、毎日午前十時ごろ必ずどこかに出かけるということがわかりました。

そこで、朝の八時ごろ、女房が住んでいるというアパートまで行ったんです。その時間、すでに車はなくなっていました。

「報告では十時ごろと言っていたのに、もう外出したのか」

私は従業員の車を借りて来ていたので、女房にバレるはずがありません。アパートの出入り口が見える位置に駐車し、エンジンを切ってずっと座って見張っていました。

しかし、いつまで経っても帰ってこない。時間ばかりがどんどん過ぎていきました。これはさすがにおかしい。あらかじめ家主の連絡先も調べてあったので「すみません、鍵をなくしてしまったんです」と言ったらすんなり貸してくれました。

部屋の中に入ったら誰もいませんでした。ガスコンロには鍋が置いてあり、その中には炊いたままのうどんが入っていました。いかにも取るものもとりあえずガラをかわしたような、そんな印象でした。

なぜ私が来るとわかったのか。どこに行ったのか。

いろいろな考えがぐるぐると頭の中を巡り、なかなか寝付けずに迎えた次の日、警

察署から電話があり、私はＤＶで訴えられたのです。

理由は「元やくざだから怖い」。

昨日、女房はＤＶのシェルターのような施設に駆け込んだらしく、その施設の職員に「訴えるべき」と入れ知恵されたのでしょう。

出ていったのは、平成十七年一月。警察が来て、ＤＶで訴えられて、裁判所の呼び出しが三月。三月というと裁判官の異動がありますよね。その裁判官も異動が決まっていたようで、早いところこの件は片付けてしまいたかったようです。

事情を聞かれたときに、私はこう主張しました。

「過去には不良もしていたことは事実です。それは認めますが、じゃ、不良をやっとったからちゅうて、こうやってカタギになって会社を経営して、小さいながら従業員も雇って働いているのに、いつまでも更生できないのか。一回ワルのレッテルを貼られたら、更生の道はないっちゅうんですか」

裁判官は軽くうなずいて言いました。

「弁護士をつけてますよね」

「はい、つけてます」

「では、その弁護士にすぐに供述書をつくらせて、提出してください」

すぐに弁護士に伝えて書類を揃えて出したところ、女房の訴えは却下されました。元やくざがＤＶで訴えられて却下になることは極めてまれだそうです。

女房はシェルターから出てきて、またあのアパートに戻ってくるものだろうと思い、一週間ほどうちの若い者に見張らせていたのですが、結局戻ってきませんでした。聞いたところによると、シェルターは「どうしても戻りたくない」という人には、そこから先に別のところに逃がすのだそうです。

昔は個人情報の管理がどこもゆるかったんですよね。熊本ファミリー銀行（現・熊本銀行）に女房が口座を作っていたことを知っていたので、銀行に「女房の出し入れを調べろ」と言ったら、最後に引き出していたのが鳥取銀行の倉吉支店でした。なんと鳥取まで逃げていたんです。

離婚調停を進めて二年くらいで正式離婚。裁判所に二年ぶりに女房に再会。

そのとき私は若かったし、手をあげたことはあるにはありましたが、そのとき別の女がいたとかそういうことは一切ありません。それを女房は誤解していたようでした。

イノシシみたいな性格で思い込みで突っ走ってしまうところがあり、浮気を疑った前年の暮れには、いとこの家のすぐ近くにアパートを借りて用意周到に少しずつ荷物を運んでいたようです。いとこも一枚噛んでいたとは思いもしませんでした。

その一年ほど前くらいから、世間で「DV」という言葉が頻繁に聞こえるようになっていました。その言葉を聞いて、元やくざだということを強調して訴えれば「勝てる」と思ったんでしょうね。ところが、私が探偵を雇って住まいまで調べたあげく、裁判所も私のまっとうな主張を受け入れて訴えが却下になった。女房からすれば予定が狂った。よほど切羽詰まったんでしょうね。それでそのまま鳥取へ逃げた。

離婚届など書類の出どころは岡山支所になってましたね。だから岡山にもいたようです。

三番目の女房との結婚生活は、実質一年半くらいでした。

私には合わせて四人の子どもがいることになるのですが、上の三人を手放すことになって、四人目のこの子だけは絶対に自分の手で育てたいと思っていました。だからこそ、自分は現場に出ていって仕事をしなければいかん、と。

だからこそ、夕方出かけていく生活パターンになっていたんです。なぜその思いがわかってくれなかったのだろうか。

離婚後、しばらく破れかぶれになりました。

由美の姉のあすかとよりを戻して、だいぶ心の傷を癒やしてもらいました。

運命の女性との出会い

二〇〇八年一月三日。玉名の菊水ロマン館で、中学入学以来三十三年ぶりに中学の同窓会が開かれると連絡がきました。

二〇〇八年はガソリンの価格が高騰し、都心では百八十円を超えるガソリンスタンドが出てきました。総務省の「小売物価統計調査」によれば、東京のガソリン（レギュラー）は、前年は約百四十円、五年前で約百十円。

軽油もどんどん上がっていきました。私が運送会社始めたときは六十五円だったのに、百五十七円にもなりました。これはかなり事業を圧迫しました。

燃料が高くていつつぶれるかわからん。そんなときに同窓会なんかまったく行く気分になれません。

でもそのとき従業員が「社長、行ってきな」と言ってくれたんです。会社の苦しい事情をよくわかっている従業員です。「会社という形があるうちに、地元に帰ったほうがいい」ということなんでしょう。

確かに、しばらく地元に帰ってませんでした。

「お前の言う通りだな。帰ろうかの」

「社長、俺が車に乗せていくけん」

レストランに入っていったら、私の初恋の人ともう一人、由紀美という女性がおしゃべりをしていました。由紀美は気が強いわけではないけれどなんでもズバズバ言うタイプ。三十三年会っていなかったので、まだ私がやくざをしていると思ってたようです。

実際、身てくれはやくざのときから変わってませんから。

で、最初の一言が。

「バカタッチ。来んな、あっち行け」

三十三年ぶりに会ってその一言。まるで犬でも追い払うような仕草です。

「おう、誰がお前んところ行くか！」

と私もさっさと二階に上がって行きました。会場ではくじびきで席順を決めるとのことでした。初恋の人と由紀美は並んで座っていました。

「あっちいけ、あっち行け」

「誰が来るか！」

くじの数字の席を探したら……なんと由

紀美の目の前。それから飲みながら、私も酔っ払っていろいろな話をしました。初恋の人は結婚して子どももいました。由紀美はずっと独身とのことでした。

夕方に解散となって、私は従業員の運転する車の助手席に乗りこみ、後部座席をパッと振り返ったら、由紀美と初恋の人と、魚谷という自衛隊に勤める男の三人がちゃっかり乗っていたんです。そいつは中学時代、由紀美のことが好きだったらしい。

三人とも熊本市内に帰るというので、飲んだ勢いで私が「方向が一緒だ。俺の車で帰れ」みたいなことを言ってしまったんでしょうね。

まだ夕方、時間が早いから熊本市内で飲み直そうという話になり、さんざん飲んで、連絡先を交換しました。

次の日、由紀美に電話しました。

「どうや、気分は」

「二日酔い」

「二日酔いか。二日酔いは迎え酒が一番いいぞ」

と次の日も食事に誘って一緒に行きました。

それからちょこちょこ連絡をとるようになりました。会ううちに、由紀美は私が意外にもまじめに仕事をしているということがわかってきたのでしょう。「うちの会社見に来いよ」と誘って見に来て、「あ、まじめにしよるんかい」と驚いていました。

そこから急激に親しくなった。それが今の女房です。

お互い四十五歳になって籍を入れました。由紀美は初婚。

決してブスでもないですし、むしろ同じ学年ではいちばんかわいい子。もともと同じ町内出身なので幼なじみのようなもので気心も知れています。

由紀美は、中学卒業後、父方のおじと同じ玉名高校を出たあと国立看護学校を卒業。まじめに看護師として熊本市内の病院に勤務していました。

女房の親父は仕事をせず、猟が好きで鉄砲をはじきにいったり、山を買ったり。さきがけの不動産ブローカーのような転売屋をしていたそうです。

母親は木葉食堂という玉東町の唯一の食堂で働き、学生時代の由紀美はその食堂の隅っこで勉強していたらしい。

今でも小さいときのトラウマで、由紀美は人の怒鳴り声を聞くと震えが来ます。自分が叱られたわけでなくても、たとえば私が従業員を叱責しなければならず、電話口でちょっと大きな声を出しただけでガタガタと震える。

小さいときに親父が母親を殴っていた様子を目の当たりにしたんですね。だから父親のことをものすごく嫌い、「母親は私が守る」と、看護師を志すようになったそうです。

籍を入れる前は、私が熊本市内に借りていた部屋にたびたび来て、朝、由紀美が勤める病院に送ってやり、夕方迎えに行っていました。

しばらくして「一緒になろう」となったときに、「一緒になるんだったら仕事はやめてくれ」とやめさせました。

運送業界も規則がだんだん厳しくなってきた時代。観光バスの事故の影響でスピード制限も厳しくなり、少しでも何か違反をすれば事業所停止になってしまいます。お客さんに迷惑をかけるわけには絶対にいきません。

このタイミングで信用がおける由紀美と知り合ったことはいい機会だと思い、由紀美を代表として、平成二十（二〇〇八）年の六月に千翔株式会社を設立しました。由紀美はその代表を今でも務めています。

これでもしウエイズに何かあったとしても、千翔がフォローするのでお客さんに迷惑をかけることはありません。

由紀美の父親は病気で、二〇一一年に亡くなりました。母親が一人になってしまったので、玉東町に女房の実家が土地を持っていたのでそこに家を建てることにしました。

今さら同居ということにはお互いならないけれど、心配だから近くにいれば安心でしょう。家は二〇一二年に完成しました。

由紀美の母親は貧乏性なのか、当時七十五歳でしたが毎日みかん収穫の日雇いに行くんです。ひと月で二十六日は働き出ていました。しかし、七十八歳のときに家の前で交通事故に遭い、今年八十歳になりましたが記憶がありません。愛する娘の名前もわからない、顔もわからない。自分が誰だかわからない。今は施設で車いす生活を送っています。

由紀美は私の過去をすべて知っています。組織に入っていたこと、前科があること、離婚歴があること……しかし、もう終わったことに対しては、あいつは何も言わない。そういう性格なんです。

第四章

The Dream

夢を叶えるために

格闘技との出会い

八年前に一度だけ、女房が勤めていた病院で検査をし、ＭＲＩを撮ってみました。診断は、

「腫瘍があって、悪くもないけど、もともとないものだから切ったほうがいい」

とのこと。

「手術するには十日間入院しなければなりません。それから、タバコを止めてください」

会社で私がすべて配車などの予定を組んでいたので、十日間も不在にするわけにはいきません。十日分のしごとをあらかじめ処理するには時間がかかる。

タバコも止めたほうがいいのはわかるけれど、なかなか止められない。徐々に本数を減らしてはいました。

どうにかこうにか仕事の都合をつけて入院の準備を整え、病院に行き指定された部屋でドクターが来るのを待っていました。主治医ではなく別の医師がきたのですが、医者ってタバコの匂いがすぐわかるんでしょうね。

「上村さん、タバコ吸っていますね」

「がんばったんですけど、減らすことはできても止められなかったですね」

「では帰ってください」

「は？」

「お引き取りください」

「なんやこら。こっちは一生懸命予定を都合して十日間も空けたのに」

「あなたの病気は今すぐどうこうしなければならないわけじゃないので、まずタバコを止めてください。それから手術しましょう」

それを聞いてほっとした自分がどこかにいました。

お客さんにはさんざん「今日から入院します」と言って回っていたのですが、朝の十時に病院に入って昼には「もう退院しました」

「何をいっとるか」

「いや、帰れと言われてしまいまして」

病院にはそれからずっと行きませんでした。

「メンバーズYOU」というスナックを経営する由美が、格闘技の話を持ってきました。由美は格闘技観戦が好きだったんです。

由美と、九州熊本地下格闘技「喧王」のS代表が組んで格闘技大会を開催しようと企画していました。

最初は「倉庫を改造して会場として貸してくれ」という話でした。

うちの倉庫は百五十坪、天井の高さ十メートルほどあるので、そこで十分できると言う。由美とは長い付き合いですから、「別にいいよ」と承諾しました。

「ただし、不良は入れちゃいかん」

これが条件でした。会場はタダでいい。でも、不良は一切入れるな。格闘技の会場はやくざもんの狩場になってたんですね。今の若い子は軽い気持ちで平気で入れ墨を入れますから、格闘家として活躍できている間はいいけれど、身体がついていかなくなったときにつぶしがきかない。ファッションタトゥーとはいえ、入れ墨は入れ墨。体を汚してしまったら、格闘技をやめたあとはやくざになるしかない。

しかし、私は運送会社の社長です。従業員の代表であり、銀行との取引もあります。規制がだんだん厳しくなって、反社会勢力と少しでも接触があれば銀行からの融資もストップします。

やくざが会場をうろつくようなことは絶対にあってはならない。それが会場を貸す条件だと、由美に強く言いました。

私ももともとそちらの出ですから、由美に約束させた以上は、私自身も縁を切らないといけません。前の組織がらみの人間とはすべて縁を切りました。

ところが、代表を務めるSが、それはできないと拒否したために由美と決裂してしまいました。

すでに大会の出場選手は決まっています。一生懸命練習してきたのに、選手は「じゃ、俺たち試合できないんですか」と不安になってしまう。

そこで由美が動きました。もともとは格闘技観戦が大好きな彼女は、「選手みんなが輝ける華やかな場所をつくってあげたい」という真剣な思いを抱えていました。

「それなら私が主催するしかない」

そこで立ち上げたのがＶＣＳという団体です。二〇一四年のことでした。

私はいつも街で飲まないときは夜八時半から九時ごろ寝ています。そして朝四時ごろ起きる。

ある朝起きたら、夜中にものすごい量のＬＩＮＥが届いていました。ＶＣＳのグループＬＩＮＥからでした。

ＳＳを退会させて自分が会長になった。そして、私が理事になった、というんです。

私はただ会場を貸すだったはずが、おいおいどういうことか、ちょっと待てよ、と驚くばかり。私は格闘技はまったく興味がないし詳しくありませんから。

さらに、一週間くらいしてまた由美が連絡をしてきた。

「お父ちゃんが会長ね。私は理事になった」

いつのまにか私が会長になってしまった。私の了解もなしに。まあ、それくらいの仲ではあります。娘みたいなものですね。実際、由美は「お父ちゃん」と呼ぶんです。由美はもう四十一歳ですけど。

「おいおい、どうなっとるとか」

「いやいや、格闘技団体だから女が代表だとなめられる。お父ちゃんがなってよ」

格闘技なんて縁がないものと思っていたのに、由美から連絡が来て、倉庫を貸すことになり、そしてなぜか会長に。

この縁でいろんな選手と会うようになって格闘技の見方が徐々に変わってきました。

「いまどきの若いのにこれだけ自分を追い込んでいじめられるんだな。素晴らしい。まだ捨てたもんじゃない」

そんな気持ちから始まって、そういう若いやつらを育てたいという思いが出てきました。

今、業界的にドライバーが不足しています。大型免許を取る人が少ないんです。そこで、格闘技選手たちを従業員として招き入れ、教習所代を払って大型免許を取らせて、ドライバーとして仕事をさせています。営業が終わったあとは、倉庫のなかのジムでトレーニング。

今は「一生懸命、格闘技に打ち込みたい」という気持ちを大切にしてやりたい。若いうちはやりたいことをやればいい。

しかし、いつかは家庭を持たなければならないでしょう。今、自分一人だけのときは、とりあえず生活さえできればいいけれども、家族を持てばそういうわけにはいきません。生活する基盤が必要になります。

そのときになって、トラックに乗りたかったらうちで働け、土方をやりたかったら協賛してくれるスポンサーの社長さんのところに行け。格闘技に一生懸命打ち込めて、なおかつ生活のために仕事もきっちりできる、そういう環境をつくりたかったんです。

そしてそれが実現しました。

熊本地震発生

二〇一六（平成二十八）年四月十四日、二十一時二十六分。

たまたま私は家にいました。自宅のリビングにいると、突然、下から突き上げられるような衝撃があり、この私の身体が一回ふわりと浮き上がりました。

それから激しい横揺れ。棚がガタガタと音を立てて動き、長い時間揺れているように感じました。

熊本県と大分県で相次いで発生した熊本地震でした。

四月十六日、一時二十五分、寝室で再び大きな揺れが起き飛び起きました。十四日の揺れよりももっと強く、命の危険を感じるほどでした。

「由紀美、大丈夫か？」

こんな揺れは今までに経験したことがありません。どうすればいいかわからず、ただ黙って揺れがおさまるのを待ちました。

震度七を観測する地震が十四日、十六日。そのほかにも六強の地震が二回、六弱の地震が三回。これほどの地震が頻発するとは。

従業員や友人たちと、ＬＩＮＥで安否を確認しあいました。幸い周囲にけが人は出ませんでした。

しかし、建ててまだ二年目の車庫には大きな亀裂が入り、事務所の棚に入っていた書類も散乱してぐちゃぐちゃに。

そんな状態でしたが、うちは食料品を運んでますから地震は関係ありません。お客さんが出荷するものは出さなければならない。従業員たちの家の中もたいへんだったと思いますが、みんな出勤し、仕事に励みました。

熊本市に隣接し、熊本空港がある益城町は、一連の大地震の震源近くで、死者二十名のほか多数の負傷者、家屋損壊などが発生。甚大な被害ありました。

そのほかの地域でも家屋倒壊により避難生活を余儀なくされた人々が多数。全国から支援物資が届きました。

ところが、熊本県が広域物流拠点としていたグランメッセ熊本が益城町のため被災。次々に届く支援物資の受け入れ場所がなくなり、熊本県庁の支援物資もさばききれずにパンク状態になってしまったそうです。

自治体の職員には物流のノウハウがありません。現場の職員は自分や自分の家族が被災しながら連日出勤し、猛烈な忙しさで支援に取り組んでいましたが、一度に大量の物資が届いた場合、それをどこにどれだけ配ればいいのか、仕分けや荷積みを適切に行うことは難しい。せっかく全国から届いた支援物資も、避難者の手元まで届かなければ意味がありません。

うちにも、全国の仲間から支援物資が届きました。ＶＣＳのメンバー百人もみんな来てくれて、一日十五人二十人で分配。山奥の辺鄙な被災地にも、二トン車に積んで配送しました。

被災から一週間は、本当にめまぐるしい忙しさでした。

へとへとになってようやく家に帰れた……というときに、いとこが来ていて飲もうということになった。本当は疲れていて飲みたくなかったけれど、ちょっとだけなら……と飲んで、いとこを送り、自宅の玄関に入ろうとした瞬間、倒れたんです。

がん発覚

由紀美が急いで救急車を呼んで、玉名中央病院に運ばれました。

しばらくして意識が戻り、点滴を打って帰宅。

女房はもともと看護師ですから、倒れたときの脈拍、血圧を計ってくれていたのですが、そのとき上が九十、下が六十くらい。脈拍は四十八だったそうです。

一週間ほど経って、またクラッときました。このときは意識はしっかりしており、ソファに横になりました。

しかし、「これはいかんな」という感覚がありました。

翌日朝一番に病院に向かいました。

以前はもっと太っていたので、女房が勤めていた病院で検査した結果、尿酸値が高いと言われその薬と血圧を下げる薬を処方されました。それを一回飲んだらずっと飲まなければならないと聞いていたので、ずっと飲み続けていたんです。体重が落ちても。

血圧が正常に戻っているのに血圧を下げる薬を飲むと、三十から四十落ちるそうです。正常な血圧を下げていたんです。それで倒れたんですね。

「尿酸値も高血圧の薬ももうやめていい」と言われ、八年前に腫瘍が見つかったこともありついでにＭＲＩを撮りました。

次の日、病院から自宅に電話。受け取った女房から携帯に電話がありました。

「どうも別の腫瘍があったらしい」

病院に行くと熊大の附属病院を紹介されました。

腫瘍が七つほど肺にあり、胸腺がんと肺がんと診断されました。ステージ4の末期。今の先生は余命は言わないんですね。でも「ステージ4の末期」というのははっきりと私も聞きました。

がんを宣告されてショックはショックでしたが、じいちゃんは三十二歳、父方のおじは六十二歳、親父が六十一歳と、上村家の男子系は結構短命。だいたい六十前後で亡くなっています。

ばあちゃんは八十四歳、おふくろは八十歳で元気。女性は長生きなんですけどね。だから、私も人生六十年という気持ちでした。ゆくゆく病気になるとしたらがんだろうなとも覚悟していたんです。

由紀美は余命はあと一年ほどだろうと思っていたようです。宣告から泣いて過ごしていました。

私はいろいろと仕事を片付けるには、あと二年はがんばりたいと思いました。会社

もある。格闘技もある。このままで死ぬわけにはいかない。でも、治療もしないとならない。
五年前に新築した車庫は銀行から「十五年ローンで大丈夫ですよ」と言われたけれど、人生六十年しかないからそれまでに完済する、と自分を追い込み、本当に十年で組み、払い続けています。
社屋は一億円くらいで売れるでしょうから、それが会社の財産になるでしょう。あとは由紀美に残したい。
そんなふうに自分のことよりも、会社と由紀美の今後のことばかりつい考えてしまいます。ショックを受ける余裕がなかったというほうが事実かもしれません。

一度だけ泣いたことがあります。

私は東儀秀樹さんの曲が大好き。古来の楽器を使った雅楽に心癒されてきました。長男の亜規也は子どものときから私が東儀秀樹さんのCDをかけていたのを聴いていたものだから、夜泣きして寝付けないときも、東儀秀樹さんの「New ASIA」という曲を聴くと、その瞬間に根付いていました。この曲は、同じアジア人だから顔や肌の色が違っても仲良くしようというテーマの曲です。

がんとわかってからその曲を聴いたら、娘や息子たちへの思いが一気にあふれでて、ついリビングで泣いてしまいました。由紀美は、

「泣きたいときは泣きなさい。それを我慢したらストレスになるよ」

と言ってくれました。

由紀美には本当に感謝しています。今でも好きにさせてもらっていますから。

「今住んでいる家は嫁の家」だと、いつもみんなに言っています。「俺の居場所は街だ」と。

街に部屋がひとつあり、ドリームの事務所とふたつ居場所ができましたから、今は自宅には週に一回帰るくらい。

ちょっと声を上げただけで由紀美は震えがきてしまうので、自宅には仕事を持ち込めないんです。由紀美も一人の空間が大好き。だからこのような生活スタイルになりました。

でも、必ず毎日由紀美とメールでやりとりをしています。

苦しい治療に耐える

がんは複数あるために「手術はできない」と診断され、私の場合は、抗がん剤の投与と放射線治療の必要があると言われました。

鹿児島にある、樹木希林さんが治療をしたとして有名な植松稔先生の「UMSオンコロジークリニック」も受診しました。そこでも「あなたの症状は、現状はまず抗がん剤を打つこと。二回打って効果がなければまた来てください」と言われました。

抗がん剤をふつうは四クールらしいんですけど、私は六クール。二回目のときに確かな効果が認められ、予定通り六回行うことになりました。

最初は二週間の入院。入院中は二泊外泊したら一日必ず帰らないとならない。二週間のうち私が病院にいたのは実質四日間でした。抗がん剤を投与した日にも外泊しましたから。そんな人は初めてらしいですよ。

一クールが終わったら、四週間開けて二回目からは一日五時間、通院で抗がん剤を打ちました。

化学療法室にはベッドが四十以上あるんです。そこに小学生がいました。小児がんです。

あの姿を見たときに、涙が出る思いでした。

「こんな小さな子が……。代わってやりたい」

親御さんにも同情します。子どもが苦しむ姿を見るのは、親として本当につらいも

のです。

三回目に点滴を打っていたときに、横に来た若い子は「来年受験」と言っていたので中学三年くらいでしょうか。

広島の病院に紹介状を書いてもらう、などといった話をお母さんとしていました。

一見、ふつうのサラリーマン、ふつうのＯＬさん、ふつうの学生さんが抗がん剤を投与している。あの光景にはショックを受けました。

みんな人知れず苦しみを抱えている。だったら、俺もがんばろう。

由美にも本当に感謝しています。私が最初に抗がん剤を受けるということで二週間ほど熊大に入院した際、朝から晩まで毎日見舞いに来て、由紀美をサポートしてくれました。

由美は私を格闘技団体の会長にしたことで、私に余計なストレスと気苦労、負担をかけたという負い目を持っていたようです。

病院では朝八時から夜八時まで、面会時間中ずっと一緒にいてくれました。

由美の母親も食道がんで五十三歳の若さで亡くなりました。私と由美の姉が出会ってしばらくしてからのことでした。

由美は母親のスナックを継いでママになったんです。

私ががんが発覚したのも五十三歳。そのため、母親と私を重ね合わせるところがあったのでしょう。

実際、由美の母親が入った熊大の病棟と同じ病棟に私も入りました。末期がん患者の病棟です。

私も由美の母親の見舞いに行ったことがあるので、「ああ、ここか……!」と思いました。「やっぱりもうダメだ」と。由美も同じように思ったそうです。

「マミーは食道がんで食事ができずにだんだんやせ細っていったの」

と由美は涙ぐんでいました。

私はがんの部位が食道や胃ではなかったので、無理をしてでも少し食べられたことが不幸中の幸いでしたね。それほど体力を落とすことはありませんでした。

由美が私の看病に来てくれていた間は、メンバーズYOUはともみママ、まいこ、ゆうといった店のスタッフがカバーして、由美が出られない分がんばってくれました。

「熊本で鈴木由美といえば女帝」と言われているんですよ。

すべてマミーがつないだ縁。

私は自分の実家の墓にはあまり行かないんですが、マミーの墓には月一回手を合わせに行っています。マミーは五十三歳で亡くなりましたが、私はその年齢を越せて「ホッとした」という思い。墓前で手を合わせていると、

「お前はまだそっちにおれ」

というマミーの優しい声が聞こえてくるようです。

二〇一六年は熊大病院で年末を迎え、六回目の抗がん剤が終わったときに「うちでの治療はここまでです」と言われました。由紀美が希望した高度な放射線治療の機械はないとのことで、病院を変えることに。

当時、千葉県船橋市にあった（今は東京・渋谷区にある）「クリニックＣ４」という、青木幸昌先生の放射線治療専門クリニックと、前述した植松先生のところと、佐賀県・鳥栖にもがん治療で有名なところがあるんですが、女房が信じているお祓いの人に見てもらったところ「千葉に行ったほうがいい」と言われたとのことで、さっそく千葉に向かいました。

千葉では二〇一七年二月後半から一週間かけて、月曜から金曜まで三十分間、放射線治療。

すべての治療が終了して、医師からは「三ヶ月後にまた検査に来るように」。

がんにいちばん効くのは、まず免疫力を上げること。基礎体温を上げること。そして、よく笑い、ストレスをためないこと。

笑うことの効果は医学的にも認められているのだそうです。

そう医者から言われてからは、由美を中心に周りがみんなＬＩＮＥで笑えるような、私を励ますようなメッセージを送ってくれるんですよ。

治療は正直きつかったです。

でもこのきつさは、あのときの小学生のきつさに比べたら大したもんじゃない。

そう自分に言い聞かせていました。

よっちゃん、たかちゃん

ザ・ドリームには、長崎を除く九州全域の十三団体が参加しています。それらの団体のスタッフたちが、夜な夜な私を元気づけるために笑えるＬＩＮＥ動画や写メを毎日送ってくれます。朝、起きてスマホを開くと三十件、四十件来ていることもしょっちゅうです。

みんなが力をくれているのだと思います。

なかでも特に私を慕ってくれているのが、よっちゃんとたかちゃん。地元の後輩です。二人とも年齢は三十代なので、私よりもグッと若く、由美の後輩でもあります。

彼らと出会ってから、半年ほどで私のがんが発覚しました。よっちゃん、たかちゃんは、玉名の立願寺で私のために滝行をしてくれました。月に二回も。

さらに、たかちゃんは奥さんと二人だけで千羽鶴を折って見舞いに来てくれました。たかちゃんは、八年ほど前、由美のお母さんががんで入院したときも千羽鶴を折って見舞いに行ったそうです。正月には静岡まで滝行に行ってくれました。そういう優しい男です。

「孫が成人するまで、会長がんばってくれ」

という。

よっちゃんもたかちゃんも、親のように慕ってくれています。一方で、金銭は一切受け取らない。金じゃないんです。気持ちなんですよ。本当にありがたいですよね。

よっちゃん、たかちゃんからすれば、本当に信用できる人ができたということなの

でしょう。いろんなことを経験するなかで、裏切られたこともたくさんあったのだと思います。

でも、私は違った。だから親として慕ってくれるんです。

たかちゃんは社交家、よっちゃんは黙り込むおとなしいタイプ。性格は違うけれど、入院中は必ず顔を出してくれたり、おどけた写真を撮って送ってきたり。

たかちゃんはこんなＬＩＮＥを送ってくれたこともあります。

「会長、今は何も考えず、先ず自分の身体の治療に全力を尽くして下さい。ゆみＶＣ

Sの子達は身内同然です。必ず守ります（笑）。俺は クソガキの頃からゆみのお母さんにも可愛がって頂いた御恩がありますし、あすか姉ちゃんも会長もゆみが家族同然と大切にしている方々は俺にとっても家族です。まだまだ今からですよ会長。よっちゃんと俺が病いを半分空ってきましたからね（笑）。闘病中辛いときは俺たちの写メでも見て、笑って乗り越えて下さい。後で送ります（笑）。また会長が元気になったら沢山遊びましょう（笑）。一人の男として尊敬します」

私は心から彼らのことを応援したい。いつも「お前たちが五十四になったとき、俺を超しとけ」と言っています。

私は若者と接するとき、まずすべてを受け入れてしまう。よく人からは「会長、人を信じすぎですよ」「ダメですよ、疑ってかからなきゃ」と言われるけれど、まず一回は信用してあげたい。もしそれで裏切られることがあったとしても、仕方がないと思う。だから周りは私のことを放っておけないようです。

私は若いころ大阪で山下さんに「達也、人を最初から信用してはいかん。疑ってかかれ」と教わりました。

その教えを守ってきた私ですが、変わってきたのは三回の離婚を経て、その間にさまざまなできごとがあったから。生活に余裕ができた今、もう長くは生きられないことはわかっているので、生きた証しをつくりたい。六十か、七十で人生が終わって、そのあと女房、子ども、孫たちのことをまわりがカバーしてくれる形をつくりたいんです。女房は私が死んだらひとりになってしまいます。

あの世に金は持っていけない。今できることはなんでもする。私がいなくなったとき、後に残ったやつが大きくなってくれれば、子ども、孫のことは安心です。

そのためにも若者のことはまず信頼したいんです。

もともと性格的に怒るほうではありません。自分が怒られるのが嫌でしたから。怒ったら怖そうに見えるのか、付いてくるやつらは怒られる前に悪いところは改めよう、直そうと歯止めになっているようです。

私が本当に怒ったときは、怒りません。無視です。一切しゃべらない。怒り方がないじゃないですか。裏切ったんだから。無視しかありません。

子会社で使途不明金三百万円が発覚したときも、それ以来無視です。横領事件は裏付けが時間がかかるとのことで、まだ解決していません。

二千万円を借りたまま逃げたやつもいます。だからといってどうというわけではありません。そのうち必ず捕まるでしょう。

ただ、心から反省して「ごめんなさい」と謝ってくれれば「ああ、いいよ」と許します。私の〝親〟だったSの姿勢をもって、来る者は拒まず、去る者は追わず。

親父のかっこいいところを見習いたい。そりゃ、みにくいところもありますよ。でもそれは人間ですから。

みんながみんな私に付いてくるわけではありません。おのおの私の姿勢を見て感じ取ってくれて、付いてくる人もいれば、社交辞令だけの人、離れていく人いろいろです。

裏切られたからといって、「今度から人を疑おう」となっては、私の今までの生き方を否定してしまうことになります。それはそれ、これはこれ。そうではなく信用から入りたい。

組織は親に金を上納するものですが、私の場合、私が生きている間は私が金を出す、ということに決めています。やくざもんなら喜んで受け取りますが、あいつらは、「俺らは金で来とっとなかですよ。気持ちですよ」と言い続けています。

熊本に来たときは私、私があいつらのところに行ったときはあいつらに出してもらうことにして、あいつらが気を使わないようにしています。だいたいあいつらが熊本に来ることが多いのですが。

もう一人、こうたもしょっちゅう私のところに顔を出す青年です。まだ二十七歳。あまり人に気を許さないタイプなんですが、私にはよくなついています。いつも月三、四回は会いに来ますね。私が持っているキャデラックを一台貸してるんですよ。

私の車のナンバーは女房の誕生日になっているので、ナンバーを見れば会長の車に乗っているということがわかる。その優越感がうれしいようです。

こうたとよっちゃんが他の団体との交渉を担当しています。こいつらのおかげで、みんなが結束していっています。

揉め事や悩み事などを私にもちかけることはありません。みんな自分たちで解決しています。若くてもみんなそこはしっかりしている。こいつらが私の年になったとき、どう化けるか楽しみです。

その一方で、私は行動言動を慎重にしなければいけないと思うようになりました。自分が発した言葉によってこいつらが動くわけですから、やたらなことは言えません。

私は縁があって由美にかつぎ上げられました。かつぎあげられることによって、こいつらの将来が開けるのなら神輿《みこし》になろうと思います。

「お前たちはかついだんだから、自分たちの素行は毎日ちゃんとしとけよ」

といつも言っています。暴れん坊が多いですからね。

由美がつくったVCSのLINEグループがあります。メンバーは百十人以上います。みんな励ましてくれる。誕生日のときには、

「上村会長二十八歳お誕生日おめでとうございます」

「DVD見て泣かないでね笑」

そんなメッセージがたくさん入っていました。DVDというのは、私の誕生日を祝うためにみんなが思い出の写真を集めてつくってくれた動画のことです。その映像を見ると楽しい時間が蘇ってくるようで、本当にうれしい。

また、よっちゃん、たかちゃんはこんな言葉を記した旗を送ってくれました。

己の生き様
俺達は諦めない
貴方が弱音を吐きそうな時
俺達仲間が側に居る
貴方は俺達が信じた人だから
必ず這い上がる
共に闘おう
これからも

よっちゃん
たかちゃん

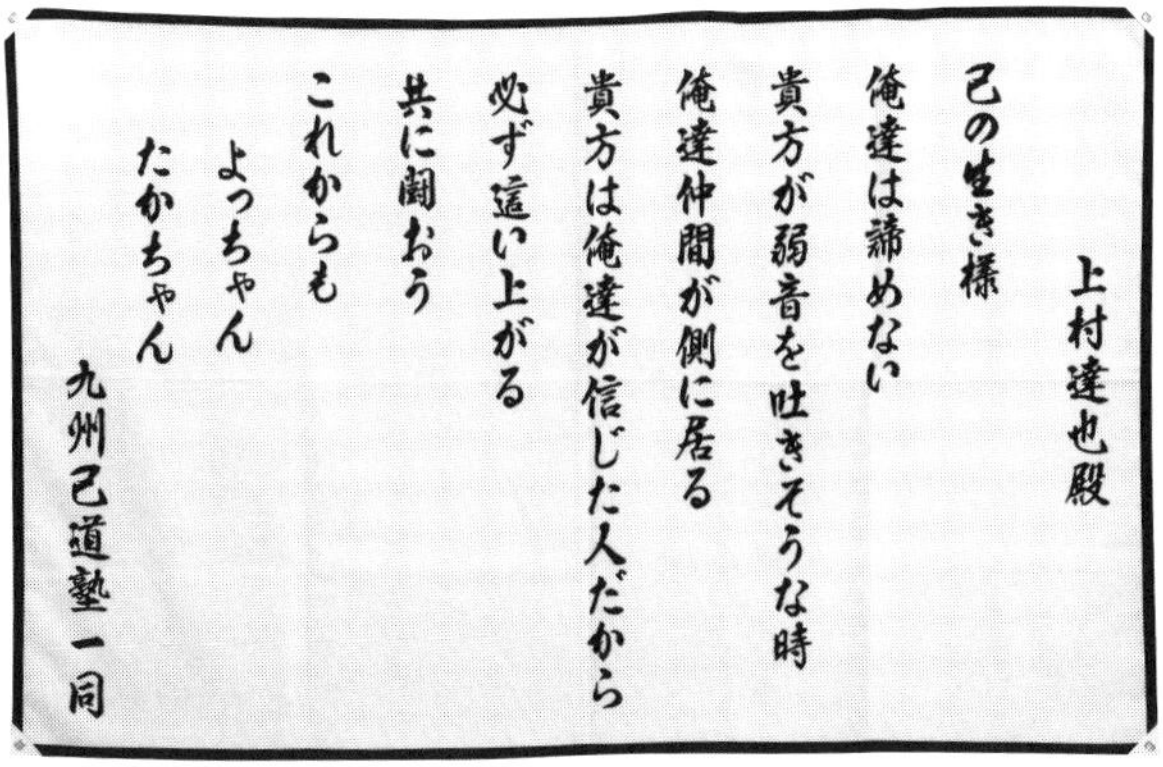
上村達也殿
己の生き様
俺達は諦めない
貴方が弱音を吐きそうな時
俺達仲間が側に居る
貴方は俺達が信じた人だから
必ず這い上がる
共に闘おう
これからも
よっちゃん
たかちゃん
九州己道塾一同

これはいつも壁に掲げて見ています。

私を支えてくれているたくさんの若者たちの期待を裏切られないという思い。それから会社のこと、子どものこと、孫のこと、嫁のこと……みんなのことを考えたら、できる治療をすべてしていこうという気持ちになりました。

絶対にこの病気を治して、こいつらのためにきちんとした姿勢を示したい。彼らのおかげでつらい治療期間も「がんばろう」と思うことができました。

医者からよく言われました。

「上村さんは前向きだから助かる」

熊大で抗がん剤治療を受けたときも、初

日から外泊しましたから。かなりキツい治療なので、たいていはグッタリしてしまうもの。こんな患者はなかなかいないそうです。

病院で寝てるひまなんてなかったんです。余命半年と想定したら、ショックを受けている時間ももったいない。何から手をつけていいかわからないけれど、とにかく病院にいる場合ではないと思いました。

女房ががん治療で有名な病院やがんに効く食べ物やサプリを調べてくれました。こうした思いを踏みにじりたくない。

死にたくない。今は死ねない。

私の心のなかはその強い思いでいっぱいでした。

若者のために、会社のためにできること

不思議なもので、それまで疎遠にしていた長女の元彼氏の紳吾、次女の元旦那の祐城とも十年ぶりの再会しました。これも格闘技のおかげでつながった縁です。

彼らのことは以前から知っていたんですが、まったく会っていませんでした。特に次女の元旦那の祐城は、娘と離婚するときに挨拶も来なかったんです。残念に思いましたが、そういうものなのかと半ば諦めのような気持ちがありました。

ところが、彼らも格闘技が好きだそうで、会社を経営している紳吾のところにも、祐城のところにも、格闘技選手がいるんです。

そういった関係で会場でちょくちょく見かけるように。四年ぶりくらいの再会です。それで顔を合わせるうちに徐々に話すようになりました。

あるとき、祐城の車に同乗しました。運転手は車の中で寝ていました。そのときに彼が私にひとこと言ったんです。

「お義父さん、挨拶できずに、すみませんでした」

彼のほうもやはり気にしていたんですね。

次女は熊本市内でネイルとマツエクのサロンを経営しているのですが、その費用は彼が全部出したことは私は次女から聞いていました。孫からも「このおもちゃはパパが買ってくれたんだよ」と言った話もよく聞いていました。

だから、私は心の中では彼を許していたんです。その一方で、「男として最後にちゃんとした挨拶をなぜできなかったのか」という悔しい思いもありました。

モヤモヤとした思いが、「すみませんでした」の一言でふっきれました。

今は私は格闘技団体会長という立場であり、祐城は実業家としての立場。「なんと呼んだらいいかわからない」と言うので、

「人前では『うちの親父』でいいぞ」

と言うと、「ありがとうございます」と涙を流していました。

長女の元彼氏の紳吾は朝から必ず電話してきます。それが日課になってるんですね。金で寄ってくるやつもいますが、紳吾や祐城は人と会うときに誰が相手であっても「会長を金と思ったら許しませんよ」と言って私を守ろうとします。

私の周りは、ハートがある。お互い言葉交わさずとも分かり合えるところがあると思います。

私のがんが発覚し、熊本地震があり、困難をともに乗り越えようとすることで、あえて口には出さないけれども、

「こいつのためならなんだってできる」

という思いが急速に強くなっていったような気がします。

「ザ・ドリーム」出場選手のひとり、椎葉《しいば》誠斗《あきと》選手は二十二連勝中。あまりに強いので対戦相手もレベルが上の選手としか当てないのですが、それでも勝つ。誠斗選手を東京の大会にも出してメジャーにしてやりたいですね。

まだ二十二歳。二人の子どもがいます。昼間はきっちりと土建の仕事をして、夜は自分の時間を割いてトレーニングに励んでいます。

餓鬼レンジャーというヒップホップグループに入場曲をつくってもらいました。餓鬼レンジャーの中心メンバーとなっているポチョムキンは熊本県熊本市出身。一九九五年に熊本で結成され、熊本で活動してきました。二〇一六年には、「サンバおてもやん２０１６」という熊本復興支援ソングもリリースしたグループです。「ザ・ドリームの選手のために入場曲を作ってほしい」と依頼したところ快諾してくれました。

椎葉誠斗選手の入場曲「超越」、藤岡裕平選手入場曲「NO PLAN B」。心の中に熱く燃えるものを持っているような、熊本から発信していくという強い決意を感じさせるような、彼らのイメージにぴったりの入場曲を作ってくれたと思っています。

由美が格闘技を紹介してくれなかったら、今の私もありません。

二〇〇二年に運送会社を立ち上げて、一時期スナックを経営したこともあったけれど、店を閉めたときに「もう絶対に二足のわらじは履かない」と思い、運送一本できました。

格闘技を始める前はもう一歩のところで資金不足……という時期でした。運送会社の従業員としては「もっと本業に目を向けてほしい」と考えているかもしれません。

しかし、昨今は業界全体として深刻な人員不足に陥っています。一人ドライバーが

いるのといないのとでは年間二千万円くらい売り上げが違います。人員が足りず売り上げが上がらないのに、設備は高くなり、運送費は変わらないという現状です。私の会社には、六十代のドライバーが五人います。彼らはあと何年、長距離に乗れるかわかりません。

運送屋だけで生きていける世界ではありません。「運送会社本体を中心として考えてるからこそ、関連する他の分野にも乗り出したい」と思っているのです。格闘技の大会を行うのもそのひとつです。

また、ユネスコエコパークに登録された宮崎県綾町の水を使った水素水の製造販売も手がけています。運営しているのは次女の元旦那の祐城の会社ですが、その株の七十%をウエイズが持っています。

これが売れれば輸送が伴う。近場での輸送が増えれば、六十代のドライバーも長く働くことができますし、会社の売り上げも上がります。

今度、中国の製薬会社と商社が訪ねてきます。商談がまとまれば五十万本の輸出です。月商一億円になります。

自販機の下に敷く耐震マットの開発も手がけており、来年商品化される予定です。これも販売が開始すればかなりの輸送量になるでしょう。

私を支えてくれている人たちのためにも、私は好きなように生き、かっこよく生きなければならないと思っています。

キャバクラに通ってがんが消えた

二〇一六年七月、うちの倉庫で「熊本ドリーム」という格闘技大会を開催しました。入場は完全無料、一般スタンディング。義援金席は限定四十席で五千円。一〇〇%を寄付する席です。

翌二〇一七年二月五日にも二回目の大会を開催しました。選抜ＶＳ九州選抜というテーマで、ユーチューブや地下格闘技で名の通った選手はみんな出場。それが好評で、また二〇一七年二月に開催する予定です。

がん治療をしながらの仕事。いつ何があっても大丈夫なように、自分には整理しないとならないことがたくさんあります。でも、何から手をつけたらいいかわからない。

こんな状態を支えてくれているのは、格闘技を通して知り合った仲間たちですね。ハートが熱くて、やさしくて、いつもワイワイと笑顔で楽しんでいる仲間たち。彼らに囲まれていると、本当に心が明るくなります。

大会を行う際には各地から格闘家や関係者が集まってきます。彼らを接待するときに行くのは、決まってキャバクラ。

多いときで選手を二十人ほど引き連れて行きつけのキャバクラに行きます。打ち上げのときは七十三人参加しました。

私もがんが発覚したあとも構わず週三日はキャバクラに通っています。病気だからとじっと家でおとなしくしているよりも、街に出て、人に囲まれて、バカ話をして笑っていたほうが、自分には合っていると思うんです。

みんなは「会長、こんなに遅い時間まで大丈夫ですか」「体を休めたほうがいいんじゃないですか」と私の体調を心配します。

「何言ってるんだ。大丈夫だ」

私は平気。みんなが心配するから、あえて街に出るんです。

もちろん酒は飲みません。抗がん剤治療中は、気分が悪くてつらくて飲めませんでした。抗がん剤治療が終わったあとも飲まないことが当たり前になり、今はまったく飲まくていいようになりました。

ただ、みんなが楽しそうに女性と会話したり仲間と騒いでいる光景を見るのが楽しいんです。

それだけ大勢連れて頻繁にキャバクラに通えばお金はかかります。しかし、銭金の問題じゃないんです。いくらかかってもいい。だって私はもうあと二年ほどの命ですから。

そんな日々を送る中の二〇一七年六月。すでに夏の到来を思わせる蒸し暑い日でした。

千葉から新宿に移転した放射線治療専門クリニック「クリニックＣ４」に向かいました。がんの経過を見るためです。

先生が検査結果を見て、「あれれ、あれれ」と驚いた声を上げました。

何を言っているのかと思ったら、「ないなあ、消えてるなあ」と言われたんです。

私は何を言っているのかさっぱりわかりませんでした。元看護師の女房は知識があるのですぐにわかったんでしょうね。

がんが、すべて消えていたんです。

女房は、隣で先生の目もはばからず大泣きしながら、私の頭をなでたり叩いたりしていました。私はそのとき、抗がん剤の影響で髪の毛がすべて抜けていましたから、ツルツル。

「今まで一年間、心身ともにたいへんだった。毎日泣いて暮らした。もう私はこれから好きなこともさせてもらうわ」

女房は今温泉めぐりを楽しんでいます。私の闘病中、さまざまな神社に願掛けに行ったので、そのお礼参りを兼ねているそうです。友だちが交代で車を出してくれて、神社に行っては回復のお礼をしています。

私は月に三回くらいしか家に帰りませんが、連絡は毎日のようにしています。いつも私の体のことばかり気にしてくれています。

女房は体は小さいけれど、肝っ玉は大きい。女房がいなければ今の私はありません。本当に幸せです。

親父から受け継いだもの

ザ・ドリームは九州みんなが格闘技大会のもとにひとつになろうという大会です。

二〇一六年の熊本地震がなければ、ここまで「熊本だから」と意地を張ることはなかったでしょう。

熊本城という我々のシンボルが崩れてしまった。ここからなんとしてでも這い上がらなければならない。

それは私の病気と同じです。たとえ、がんがステージ4だと診断されても、諦めない。這い上がってやる。そういう思いがあったんです。

熊本城の復旧はまだまだかかりそうです。

ともに闘っていくという決意、まわりの人たちへの感謝の気持ちを表すために、女房と一緒に三百万円を寄付しようと思っています。

先日、実家の地元の神社を訪れました。玉東町に「年の神」と呼ばれている、熊本名水百選にも選ばれたきれいな水が湧いている神社があるんです。そこへ女房とともに私の回復のお礼参りとして行ったのです。

そこで、思ってもみなかったことが判明しました。

奉納
上村規民

地元の神社に、親父が奉納していたんです。いままでそんな親父に見えなかった。
奉納石に親父の名を見たときに、「ああ、同じ血が流れているんだ」と思い、不覚にも涙がこぼれました。
若い頃は上村家が嫌で嫌で飛び出したわけですが、やはり親父は親父。表現の仕方は違うけれど志は同じ。無意識せずとも似てしまうものなんですね。

親父もがんで亡くなりました。六十一歳、肺がんでした。
私は死に目に会うことができませんでした。そのとき刑務所にいたからです。

つとめにいく前、保釈で出て、実家に帰ると親父は骨と皮だけのようになっていました。もともとは身長一七五センチくらい、体重六十キロくらいのスラッとかっこよかった父親が、おそらく三十、四十キロくらいになっていたと思います。

自力では歩けませんでした。

私が帰ると、

「トイレに行きたい」

と言うので、背中におぶってトイレまで行ってやりました。ポータブルトイレをベッドの横に置いていましたから、親父は私にかつがれたくて言ったのではないかと思います。あのときの親父の軽さは今も感覚としてよく覚えています。

あとから考えれば、あのとき実家に泊まって親父とずっと一緒にいればよかった。しかし、そのときは女房と娘と一緒にいることを選びました。

そして福岡刑務所に入り、一年間、満期で出ました。女房が車で迎えに来てくれました。

「親父の体調はどうだ？」と聞きたいけれど、なかなか聞けない。車のなかで三十分ほど、福岡インターまで聞くに聞けない状況が続きました。

高速道路に入って直線になり、ようやく意を決して、「親父は？」と口を開いたところ、女房はこらえきれなかったらしく泣き始めました。

私が刑務所に入って二週間くらい経ったころ、親父は息を引き取ったそうです。ムショで聞いたら私が暴れてしまうだろう、そう考えて女房は毎月面会に来てくれましたが一切親父の死を知らせませんでした。

父の葬儀はいとこの兄貴が、私と母親の代わりに挨拶してくれたそうです。「子ども思いの親父だった」と。

私の留守中に親父が亡くなったことで女房もいろいろとたいへんだったと思います。

「ありがとう」の言葉しかありません。

私と同じような思いを周りにしてほしくない。親の死に目に会えないのは本当にしんどい。

親父の兄貴であるおじさんの死に目にも、刑務所に入っていて会えませんでした。

親父が生きている間、「死んだ弟の分まで遊ばなきゃいかん」と、なにも孝行してあげられませんでした。弟にも生きている間は何もしてあげられなかったんです。私があの世に行ったときには「ようやった」と言ってくれるだろうと思います。

シャバに出て十八年、今はどんなに小さな葬儀でも体が空いている限りすべて行くようにしています。大なり小なり関わった人が亡くなったとき、できることをしなければいけないという義理からです。私が死んだとき、そのすべてが返ってくるとは思いませんが、私にできることはしたい。

月三回から四回は葬式があります。そんなにも行かなくてもいいんじゃないのと言われることもありますが、行けるときにはできるだけ行きたい。病気になってから余計にそう思うようになりました。

私も「もう長くない」という噂が立っていましたから、同級生たちに「まだまだ死なないぞ。俺は元気だぞ」とアピールする意味もあります。

「あいつはすぐ死ぬぞ」と私をよく思っていなかったやつは、だんだん居場所がなくなっています。最近友だちによく言われるのは、「上村を同級生として尊敬する」ということですね。うれしいものですね。

葬儀会場で久しぶりに会ってニコニコと挨拶をしている同級生を見かけますが、ああいうのは許せない。そういうことは絶対にしてはいかんと思います。

保険については、長女と次女、そして亜規也、麗奈に分けてやってほしいと女房に伝えました。女房は女房で「わかっている」と言っています。

がんが発覚し、あの世に近づいてきたときに、「私がいなくなったときに子どもたちはどうやって生きるんだろう。どこで生活するのだろう」と考えるといたたまれない気持ちになりました。

もう十五年も会っていない亜規也。同じ熊本県内に住んでいるということもあり、どこにいるのか場所もわかっています。元妻に「亜規也に会わせてほしい」と何度も伝えていますが、会わせてくれません。元妻は再婚しています。「亜規也は実の父親のことを覚えていないし、今の環境を壊したくない」と言うのです。

三歳半で別れた息子。覚えていないはずがありません。時折、息子が暮らす家まで一時間ほど車を走らせては、窓の明かりを見ています。会えるわけではないけれど、ただその明かりを見るだけで落ち着くのです。見ることで「元気に暮らしているのだ」と安心できるのです。

今、私の腕には四つの数珠があります。よっちゃんがくれた般若心経が書いてあるもの、由美のお母さんががんだとわかったときに由美がおかあさんにあげたもの、紳吾がくれたもの、女房がくれたものです。

免疫を上げると言われているサプリは、今も女房の言われた通りに飲み続けています。フコイダン、シイタゲン、竹のエキス……。

どれが効いて完治したのかわかりません。女房はサプリだけでなく食事にも気を使ってくれましたから。「がんに効く」ということはなんでも試しました。

すべての力が集まって、大きな力となって私のがんを治してくれたのだと思います。

今も毎月の検診、二ヶ月に一回はレントゲン、半年に一回PET検査があり、すっかり大丈夫なのか不安はあります。再発するかもしれないという恐怖もあります。

でも、再発したらしたでまた徹底的にがんと闘うという気持ちです。

夢に向かって生きる

がんが消えて、「次の検査は一年後」と言われました。すなわち医者が一年間、私の命を保証したということです。向こう一年は、生きられる。

だから、「生かされている命」と思っているんです。生かされている分、後世に何かしら残したい。あの世に金は持っていけない。女房は堅実で百円であっても無駄な金は使わずに辛抱するタイプです。

一方で私はそんなにコツコツ貯金はできないタイプ。

それなら、若者たちに役に立つように金を使って、私の思いを若者たちに残したい。

そして、若者たちがその思いを受け継いでいってくれたら。

カタギになってから運送業一本でここまで来ました。途中、スナックを二年間経営したことはありましたが、基本は運送会社です。

一番はじめはトラック五台だけ。それをマックス四十八台の規模まで成長させ、今は四十三台くらいで落ち着いています。今ウエイズグループの運送会社は六社あります。

ジムの設備だけで総工費六百万円ほどかかりました。内訳は、リングが二百万円、照明が三百万円ほどです。

女房は昔、保険の営業もしていました。保険の大切さは女房によく聞いていたので、事業を拡張するたびに保険に加入していました。

いま、もし私が死んでも、会社と個人にかなりの保険金が入ります。だから生きてる間は好きにさせてくれと女房にお願いしたんです。

ある日、事務所に女性から電話がありました。そのとき私は事務所にはいなかったのですが、しばらくして私の携帯にＬＩＮＥがありました。

女性「こんにちは」
　私「どちらさんですか」
女性（少年の写真を送る）
女性「これ見たら電話番号消してください」
　私「◯◯◯（最初の女房の名前）か」
女性「イケメンだろ？」
　私「亜規也《あきなり》か…」
女性「そうです」
　私「現状は」
女性「とても幸せに暮らしています。あきは何も知りませんから」
　私「わかった。ありがとう。なんか出来る事有れば連絡しなさい。頼む」

最初の女房が三歳で別れた長男の写真を送ってきてくれたんです。

実は、私はがんが発覚したときに、まさかのときに備えて最初の女房の家を調べました。今は再婚していますから会いには行きませんでしたが、向こうから連絡をくれるとは思ってもいませんでした。


本当は、私は人前に出るのが大嫌いなんです。ドリームの大会も主催者として挨拶しなければならないのですが、それもしない。

しかし、今回こうして本を書いたのは、息子、娘たちが自分が結婚するときに戸籍を見て、私が父親だとわかったときに、もし会いたければいつでも来なさい、という発信になるかと思いました。

今どこにいるかわかりませんが、いつか届くのではないか……そんなかすかな期待を持っています。

そして、格闘技。ザ・ドリーム九州は、「俺が俺が」「自分の団体さえよければ」という団体ではなく、そういう団体や地域の隔たりを取り払ってみんなが仲良くしよう

と、それが立ち上げた第一の目的です。

立ち上げただけでなく、それに賛同し支えてくれる若者たちがたくさんいるからこそ、こうして続けられています。

彼らに言いたいことは、「出会いを大事にしろ」。

今、私の根本的な考え方は、山下さんやSさんに学びました。組織のなかでの上下関係においても多くを学び、それが今の私を形作っています。

組織は、一般的に言えば「家族」です。家族のことはお互いが協力し合って当たり前。組織は本来は他人でありお互いがライバルですから、そうした助け合う意識を忘れてしまうととたんにバラバラになってしまします。

そういう中で、Sさんには礼儀や筋道、人としての生き方の基本を学びました。ただの愚連隊にはない規律が、今でも私のなかに厳格としてあります。

自分が受けた恩義を後世に伝えたい。

熊本の復興はまだまだです。テレビで映るところばかりが熊本ではありません。もっと被害が深刻なところ、復興が進まないところもたくさんあります。知り合いにも震災で亡くなり心に傷を負った人もいます。

みんなで助けあって、ドリーム―夢―を叶えられる世の中にしたい。私はそう願っています。

付録

上村達也×高須基仁 対談

―完全版―

※この対談は月刊誌「サイゾー」（サイゾー）二〇一七年十一月号に掲載された対談の完全版です。

格闘技との出会い

高須 今回「ザ・ドリーム」というのは新たに立ち上げる大会ですね。

上村 そうですね。この間、設立しました。

高須 その前から格闘技とは？

上村 ＶＣＳという団体を作って二年になります。

高須 若者の夢を応援していきたいということで始められたんですか。

上村 鈴木由美という女性が格闘技が大好きで「ウチの会社の車庫を会場として貸してくれ」から始まったんですよ。それは一旦流れたんですけど、そのあと、彼女が上の人間と仲違いして、そのあとに結局やるようになったんですね。

高須 偶然だったんですね。

上村 そうですね。

高須 ただ、もともと格闘技をやられていたんですよね？

上村　いや、私は若い頃は柔道をやってましたけど、興味もなにもなかったんですよ。そういうものが流行っていたのも知りませんでした。本当に仕事一本で。

高須　会長の人となりをまずお聞きしたいなと思っているんですけど。

上村　……。

高須　じゃないと、会長がどういう思いで格闘技をやられているというのが読者に伝わらない。それに賛同して私が協力してという流れがあるので。その辺のところをお聞きしたいと思うんですけど、柔道をやられてたんですよね？

上村　結構、若い頃はやんちゃな方だったんでしょうか？

高須　まあ、世間一般でいえばそうなるんでしょうね（苦笑）。

上村　そのあたりの武勇伝をですね、話せるところからお聞きしたいなと。格闘技好きは武勇伝好きなものですから。

高須　あんまり武勇伝はないですね。

上村　だって、これだけの人たちを束ねているわけですよね。

高須　いえいえ、私はたまたま担がれた神輿《みこし》であって、本当は彼らがみんなやってるんですよ。一回私も格闘技を見て、いまの若者は腰がない。筋が通っていない。私、そういうイメージだったんですよ。何をしても続かない。だけど、ここの選手たちは一生懸命自分をいじめ抜いて、それで勝敗は時の運ですけど、それだけ自分をいじめられる、自分を追い込められる人間もいたんだ、いまの若者に。それからですよ、私が急激に吸い込まれていったのは。

上村 そうです。

高須 じゃあ、彼女がやっていた大会を見てということだったんですね。

上村 全然見てませんでした。私はほとんどテレビは見ないですから。

高須 PRIDEとかK1とかは？

上村 はい。これに携わって興味がわきましたね。

高須 ボクシングも見ない？

上村 ですね。結局、自分を追い込める。自分の限界を超えていく姿に感動したん

高須 珍しいですね、よく自分が昔やっていたからとか、大好きだから自分で立ち上げたっていう人はよく聞くんですけど、そうじゃないんですね。

ですよ。

高須　じゃあ、トレーニングの様子からずっと見てるわけですね。

上村　ウチの車庫にジムを作ってますから。

高須　ジムがあり、リングがあり。結構大きい。

上村　倉庫内が百五十坪あるんですよ。その倉庫内に三十坪をジムにして。リングもあってウエイトトレーニングの器具もあってサンドバッグもあって。

高須　いま何人ぐらい通ってますか？

上村　いまはウチの選手が五、六人たまに来よるかね。若いのがジムをやってるんですよ、別に。そこには結構通ってます。

高須　興行もやってるんですか？

上村 興行はまた別で。

高須 じゃあ、本当にひょんなきっかけで、支えるほうになられたんですね。

上村 まあ、そうですね。

高須 彼女とはいつ知り合われたんですか？

上村 もう長いですね、十七年前。

高須 会長が格闘技に傾倒していったのはいつぐらいですか？

上村 三年ぐらい前ですかね。

殴り合いは一対一

高須 さきほどおっしゃっていたように一生懸命やる人が好きっていうことだったんですけど、会長はこれまでの人生の中で、運送会社を作るということも含めて一生懸命やってこられたんですね。どんなご苦労があったんですか？

上村 そうですね、すべてが苦労ですけど。もともと私もヤクザをしてましたから。

高須 はい（苦笑）。それは書けますか？

上村 そこはちょっと（苦笑）。ヤンチャしてたぐらいで（苦笑）。実の弟がおったんですけど、これが私が二十三歳で弟が二十一歳の時に交通事故で死んだんですよ。それで私はカタギになったんですよ。たまたまウチの叔父が運送会社をやっておったんですよ。だから、どうせ仕事をするんであれば、叔父のところに行こうという感覚で。

高須 その前にヤンチャをするきっかけというのは？

上村 そうですね、学生気分が抜けんかったんでしょうね。

高須 学生気分が抜けないと？

上村 高校卒業すると当然就職するでしょ。したんですけど、全然行きませんでした。遊びの延長でした。結局、街をウロウロしておっていろんなトラブルがありますよね。その時に出てきたのが私の〝親〟の相談役だったんですよ。

高須 高校時代からヤンチャをされていたんですね。どのような高校時代だったのでしょうか？

上村 そうですね、あんまり学校に行ってないですね。

高須 では、どのような繁華街時代でしょうか（笑）？

上村 まあ、いろいろやりましたね（苦笑）。

高須 含蓄が有りすぎますね（笑）。

上村 ただ、薬物は全然嫌いでしたから。

高須 正しいですね。じゃあ、ちょっとした殴り合いもありと。

上村 そうです、そうです。そのとおりです。

高須 例えば、僕らはそういう世界は知らないですから、殴り合いっていうのは一対一でやるものなんですか？

上村 だいたい一対一ですね。

高須 相手はデカかったりするんですか？

上村 もちろんですよ。私もデカかったですから。

高須 柔道もやられてましたしね。当然黒帯で。

上村 二段ですね、中三の時に二段でした。

高須 それは強いですね（笑）。

高須 熊本市内ですよね、ずっと。

上村 玉名です、私は。玉東町っていって見猿言わ猿聞か猿の置物があるでしょ。あれの発祥の地ですよ。すぐ横は田原坂です。

高須 やっぱり九州とかは気性の荒いかたが多いような気がするんですけど、そうなんですか。

上村 周りからはそう言われますけど、ただ、九州というのは島国なんですよね。その辺が本州のかたから見ると九州の人間は怖いとか、思われるかもしれないですけど、私はそんなことは思わないですよ。

高須 そこで育ってるわけですからね。

どんなやつでも一回は信用する

高須 そういう世界の中で生きてきて、会長が怒るきっかけってあるんですか？

上村 う〜ん、あんまり私怒らないですけどね。

高須 それでも怒ることもあるんですよね。

上村 やっぱり道に外れたことをしたということになるんでしょうけど、私はどっちかというと信用から入るんですよ。どんなやつでも一回は信用するんですよ。だって、そういう人間でもチャンスを与えないと、それからまた人生が変わるってこともあるわけじゃないですか。

高須 ということは、会長が怒る理由は裏切りですね。俺の信頼を裏切ったということも含めて。

上村 そういうことになりますよね。

高須 ただ、そういう場合、叱るということはできるじゃないですか？　ただ、相手もいやそうじゃないとなった場合は？
上村 その時はその時ですよ。
高須 一対一の戦いということになるんですか？
上村 そうです。
高須 それは大きな騒ぎに発展するんですか？
上村 だいたいその場で終わりますよね。
高須 昔の、それこそ本宮ひろ志のマンガじゃないですけど。
上村 『俺の空』みたいなね。あんな感じです。
高須 思い切りケンカして思い切り殴り合って。
上村 それで終わったら仲間みたいな感じです。
高須 チーム同士の戦いはなかったと。
上村 ないですね。
高須 その後、就職していかなくて、ヤクザと。
上村 そのまま不良ですね。ただ街でブラブラしてましたね。夜、徘徊して。女をめぐってのいざこざなんかもありましたね。

高須 ただ、その流れの中でなかなかヤクザになろうとは思わないと思うんですね。

上村 だから、挑発されたんですよ。「お山の大将で終わるか、熊本の上村になるか」って言われたんですよ、その方に。そう言われると引くに引けないので。

高須 それでヤクザの道に。

上村 部屋住みとかではなかったですけど、親にずっとついて、その身振り、素振りを見て覚えていきました。

高須 そちらの世界でのエリートコースですね。

上村 そうですね。たまたま私がついた親が強運の持ち主で。

高須 例えば、そこでおやめにならなければいままでは結構上のほうに。

上村 上か、懲役ですね。どっちかですよ。

高須 ケンカだ、不良だなんていう世界ではないですね。

上村 その時は自分の意思はなかったですから。私の意思を出せる世界じゃなかったですから。親の顔色を見る。言葉が出る前に私たちは動かないといけないですから。

高須 厳しい世界ですね。

上村 当然です。

高須 忖度《そんたく》以上ですね。

上村 命のやり取りですから。

高須 忖度じゃない、顔色見る、と。

「ああ、私は恵まれてたんだな」と実感

高須 お亡くなりになられたお仲間も。

上村 います。私の兄貴分は十年ぐらい前に刺されました。自分の子に殺されました。だから、いじめすぎたんですよ。結果、自分で自分の首を絞めたんですよ。

高須 武勇伝とか、ケンカの話じゃないんですね。

上村 だから、その頃の私の武勇伝というのは、私には自分の意思はなかったです

から。その時の親の言葉であるとか、先輩の意見であるとか。

高須 で、行ってきて、帰ってくると。

上村 そうです。

高須 それ以上の話はできないですね（苦笑）。それで読者の人もわかってほしいですね。

上村 その日、たまたま弟が死んだ時は抗争中だったんですよ。私、D会というところにいたんですけど、Yと熊本でやったんですよ。

高須 じゃあ、弟さんも？

上村 大学生でした。二人きりなんですよ。私長男なんですよ。弟がしっかりしとったもんで、家のことは弟に任して。私は上村だったんですけど、うちのおばの松岡に養子縁組して松岡達也でやっておりました。役場の総務課長だったものですから。私がそういうことをして新聞沙汰になったりすれば迷惑がかかりますから。

高須 弟さんが事故で亡くなられて、家を継ぐ方がいなくなったので。

上村 というか、私はその時に家を捨てましたから、遊んだ時に。弟に任せたってことで。それで結局、うちの親分がいうたのが「いままでご苦労さん」って言われたんですよ。初七日を終わって、私は、抗争中でしたから、周りの人間と一緒におやじのところに行って。で、「迷惑かけました」って話をしたら、「お疲れさん」だったんですよ。

高須 家に戻れと。

上村 たまたま私の親分が同郷なんですよ。同じ町内で中学校も一緒なんですよ。だから、私よりも九つ上ですから、雲の上の人だったんですね、伝説の人で。だから、

高須 その人に近づけたと、若気の至りですけど、その人と一緒にいられる喜びだったんですよ。

上村 憧れの人だったんですね。

高須 そうです。

上村 いい話。弟が死んだんで、家を継げということだったんですね。

高須 その時にオヤジがいったことは「俺には子はいっぱいおる」と。三十人ぐらいいましたから。「お前のところはお前しかおらんようになったな」と。「ご苦労さん」って言われたんですよ。

上村 ちょっと泣ける話ですね。

高須 修羅の群れってあったでしょ。あの場面を思い出しましたね。

上村 松方弘樹のやつですよね。どんな場面だったんですか?

高須 その時、オヤジはゲームセンターにいましたもんね。で、ポーカーをやっとって。私と兄貴と行って、「今日からまた頑張ります」って言ったら、「いやいや、ご苦労さん」って言われて。二人ともキョトンですよ。「ん?」みたいな。

「えっ、カタギにならないかんの？」そんな感じです。でも、親から言われたら仕方ないんですよ。だから、男商売が女にならないかんってことですよ。だって、いままでは肩で風切ってたじゃないですか？　だけど、それがもうできなくなるんですから。

高須　それはつらい？

上村　ですね。つらかったですね、正直。

高須　男泣きとかは？

上村　その時は実感なかったんですよ。でも、カタギになってから一年、二年ぐらいだったかな。やっぱりまわりがやめたいけどやめられない。という話をいっぱい聞くじゃないですか。そういうのを聞きながら、「ああ、私は恵まれてたんだな」って実感して。その時は男泣きしましたね。本当に泣きましたね。「ああ、親に恵まれた」って。その当時は私のところは直系の二次団体だったんですよ、うちのオヤジが。いまはD会のナンバー2ですよ。

高須　だから、そういっていただけた以上、カタギになってからもちゃんとしないと。

上村　そうですね。

新車を買えるまで三年かかった

高須　で、運送会社を始めた。

上村　まずは叔父さんに勤めて運送のノウハウを覚えて。三年ぐらいして、結局、舎弟もいましたから、全部、ドライバーとして入れて。結局、叔父さんのところにもともといた従業員さんはやっぱり社長の身内が来るって構えるじゃないですか。結局、それを受け入れてもらった。受け入れてもらったらすべて私のところに言ってくるわけですよ、相談事を。それで私が、その当時はもう叔父は一線を退いて町会議員でしたから。娘婿が専務という形で運送会社を仕切っとったんですよ。だから、私がストレートに専務に言うじゃないですか。そうすると「わかった」というんです。でも、それだけで答えを出さないわけですよ。だから、その当時私は答えを出さないことにイライラしてたんですよ。いま思えば、私がそのポジションになってわかったことは、結局叔父さんが社長でしたから専務には決定権がないわけですよ。だから、逆に悪いことしたなって。いま自分がその立場になって悪いことしたな、可哀想なことしたなって思うんですけど、その時は私も若いもんを入れた責任がありましたから。だから、三年目、三回目でやっとやめていいっていうことで。その当時、叔父も別会社を買収して私をそのポジションに置こうと思っていたらしいんですよ。だけど、それじゃあ、結局叔父さんの敷いたレールに乗らないといけないので。だ

から、それよりも自分でやるってことでやめたんです。

高須 ゼロから始めたんですか。

上村 そうです。昔、私は金は親にいうたら出ると思っておりましたから。言い方悪いですけど。

高須 資産家だったんですか。

上村 いえ、違います。親は相当苦労したと思います。弟が死んで、弟の生命保険もほとんど私が食いつぶしました。

高須 そのお陰でいまの運送会社も作ることができたんですね。

上村 そうですね。なんていうのかな、弟が死んで、自分の中でも受け入れることができなかったんですよ。弟が死んだのが実感わいたのが十年かかりましたからね。それまではふいっと帰って来るように思っていました。頭も良かったんですよ。高専にもいって、大学行って、大学院まで行く予定だったんですよ。

高須 運送会社ですけど、二十五トントラックで冷凍車を専門で。すごい数ですね、二十五トン車。

上村 いま四十三台ぐらいですね。

高須 大きいほうですか。

上村 まだまだ。台数的には小さいですけど。

高須 冷凍車に特化してるってことはここにニーズがあるって踏んでるんですよね。

上村 私は衣食住。これは人間の生活には絶対必要ですから。だから、ウチの車は全部生鮮食料品。全部口に入るもんなんですよ。だから、私は車に金をかけます。だって、お客さんからすれば、キレイな車で。新車でもトラブルがありますからね。それがボロボロの車だったら当然お客さんからクレームが来ます。でも、全部、ウチは新しい車にしてますから、何かあってもお客さんが仕方ないよ、思う。これが古い車の場合はそんな車で来るからだろって話になりますから。それを言われたくないですから。

高須 じゃあ、最初から新車だったんですか。

上村 いやいや、それを買えるようになるまで三年かかりました。

高須 それでも三年（笑）。最初から生鮮食品で行こうってことだったんですか。

上村 そうです。一番入りやすかったのが市場関係の集荷だったので。生産者の畑から市場に並べる仕事が一番簡単に入れるんですよ。

高須 港湾関係だと思っていて。

上村 全然違います。

高須 やっちゃ場のほうでも縄張り争いってありませんか？

上村 ありますよ。たまたま私の先輩が市場関係の仕事をしておって、それから入っていましたから。

兄貴分とも縁を切りました

高須 会長は五十四歳ですよね。若いですね。

上村 一月十日生まれなんですよ。一一〇番で警察に縁があるんですよ（笑）。小さいのを入れたら十三回パクられましたから（笑）。

高須　じゃあ、その間に格闘技というものとは？

上村　一切関係なかったです。

高須　それこそ柔道をやっていたというだけで。

上村　はい。たまたま、彼女が車庫を貸してくれってことで始まって。その時に私が条件を出したのはヤクザ者は絶対にダメだと。敷地内に入れるなっていうのを条件にしとったんですよ。

高須　興行ということになってしまうとどうしてもそちらの関係が絡んできてしまいます。

上村　ありますね。

高須　それはなぜ排除するという形を。

上村　だってね、格闘技の世界が、その大会がヤクザの狩場みたいになってるんですよ。要は。三年前にやろうといった時に。

高須　基本的にはプライドにしてもK１にしてもそうでしたね。

上村　一緒だったんですよ。

高須 ただ、やんちゃをされてたこともあるんで、それをあえて排除する必要性っていうのは。それはやっぱり違うってことだったんですか。

上村 違いますよ。全然違います。だって、私は昔は遊びましたけど、いまは一応、会社を持ってますから。その姿勢を見せないことには。その条件としてヤクザ者はダメだっていうのが条件だったんですよ。

高須 元ヤンチャをしていた会長がいうから説得力がありますね。

上村 やっぱり私もそれを表に出す時には悩みました。当然、兄貴分なんかも現役でおるわけですから。でも、こいつらと結局私がこういう表に出るようになったら、私がそういうことを裏でやっておったらいかんじゃないですか。このVCSの代表になった時に、私の兄貴分とも縁を切りました。一切連絡をとってません。

高須 そうなんですか？　それは自分の二十歳までの間の人生をある意味封印するっていう。

上村 私の道筋をつけてくれたところですよ。だから、それをですよ、ある意味なんというかですね、きれいな、私はそうやって親から受けた好意を私は受け取りましたから。それをみんなにわかってほしかった。だから、企業としてそういうやつとか関わっておったら銀行口座もできない。銀行取引も停止っていう変なルールを作ってるじゃないですか。でも、それは私たちも表向きそれに従わないといかんのですよ。

高須　表向きというと語弊がありそうですけど(苦笑)。ルールはルールですからね。

上村　はい。

高須　実は内心ではそうはいっても無理でしょと思っていたんですよ。

上村　いや、完璧ですよ、私は。

高須　私もこの間、熊本に行って写真撮影して、いろいろ面倒臭い状況があったけれども、会長は全然動じない。スパッとやる。警察ともスパッと話をしている。整然とこれができた。

上村　結局、不良の。私のもともとの仲間もいますけど、世話になった一一〇番のほうの先輩もおるんですよ。私の年代以上ですから。いまはもう定年して、そういう後輩たちが現役のマル暴でおりますよね。そういうやつとは密に。だから、私の事務所には警察が月に二、三回遊びに来ますから。この間、「ザ・ドリーム」、高須先生においでいただいた時もマル暴二人招待して。それが私の姿勢なんですよ。

高須　なんというのかな、すっきりしてるというのかな。私が会長はいいなと思っているのはそこのところなんですよ。このことが第一で、あとはいろいろあると思うよ。だけど、すっきりしていて、グチャグチャない。格闘技界は結局そこで、結局、苦しくなるとお金を借りたり、顔を立ててもらったりとか。持ちつ持たれつっていい始めてしまうんですけど。

上村 それは一切なしです。それはプライベートの一対一の元の仲間という意識はありますよ。結局、それをまわりが見た時に結果、言ってることとやってることが違うっていわれるのがイヤですから。

高須 びっくりしましたね。じゃあ、選手たちも一見強面ですが、みなさん素人なんですね。

上村 もちろんです。福岡、鹿児島、宮崎の選手が来てますけど。この写真のときは結構バラけましたね。

高須 会長が人に迷惑をかけちゃいけないっていうのがあって、最初は朝の四時半に集合だったんだけど、まだ人がいて。それでもっと迷惑かけるし、いらぬことも言われるってことで結局、時間がズレて六時半ぐらいになったのかな。最高時は三百人ぐらい集まっていたのかな。だけど、車で移動したり、徒歩で移動してるうちに、撮影のときはバラけてこれでも半分くらい。Tシャツも作って、日付も入れて。八月十九、二十日と。それが証の日ですよね。独立の日。

上村 みんな入れ墨が入ってるわけですよ。結局、そういう人間を目当てに、そういう人間が寄ってくるわけですよ。

高須 だから、どうしても地下格闘技はそういうものの温床になりつつあると。

上村 そうです。そうです。だけど、墨をがっつり入れている子も昼間はトビをやっていますから(笑)。この子もトビです。これは柳川の東道会の代表ですけど、もともと不良をやっとって、いまは真面目にカタギで。

高須 一番顔の美しい子は彼ですね。

上村 キレイですね、彼は。この彼はいま二十二連勝です。まだアマチュアですけど、この間の日曜日にプロとやって一ラウンドKOです。だから、相手がいないんですよ、九州で。

格闘技だけでなく音楽イベントも

高須　この「ザ・ドリーム」の前が三年前で、それはどんな格闘技だったんですか？

上村　総合とかキックとかいろいろありましたけど。

高須　こちらの選手たちはどなたが集めたんですか？

上村　各団体の代表ですから。彼らは彼らで各地でやってますね、定期的に。

高須　それを会長のアイデアで「ザ・ドリーム」という旗のもとに九州連合が集まる。決して東京の団体の下にはつかないという。東京の団体に選手を出すことはあっても、その大会の名前を使って九州大会なんてことはしないってことですね。九州には「ザ・ドリーム」という大きな旗があるということです。それと東京と戦うということはあってもいいじゃないかと。あくまで九州は九州で完結している。

上村　ここに写ってる選手たちも「アウトサイダー」なんかにも出ていて、彼なんかは二回出て二回とも勝っています。この彼も解体屋をやっています、昼間は。

高須 韓国なんかも格闘技は？

上村 韓国なんかも行ってます。ただ、やっぱりこの子たちは日本人ですから。海外にいくっていうだけではないんですよ。

高須 これは私のイメージなんですが、従来の東京での格上げのやり方とは違うものがあるはずなんですよね。それがVシネにちょこっと出ることであったり、入れ墨雑誌に出たりとか、そういうのは違うと思うんです。だから、この「サイゾー」に一番最初に会長を出すのも、普通だったら「ナックルズ」だとか、「週刊アサヒ芸能」だ、「週刊大衆」だってなるんだろうけど、違うんですよ。じゃなくて「サイゾー」でやりたい。この感覚ですよ。それでいきたいと思ってるんです。だから、全国制覇とかそういうんじゃない。まずは九州をまとめる。そこをハジケさせて、来る者はいらっしゃいっていう、そういう感覚がいいなって思ってるんです。いままでは結局ビッグネームに巻き込まれて終わっちゃう。そういうことじゃないよっていうのを「ザ・ドリーム」の若い人たちと話しているんですよ。それも会長が旗を立ててるからできること。「俺がやってるんだから自由にやれと」。会長という存在があるから、反社会的な人たちも言ってこない。なにがあっても会長は動じないってことですよね。「ザ」がつけばドリームピープルという意味もある。素晴らしいなって思っています。大会は？

上村　来年二月の大会が決まっています。十一月は一番大きなイベント会場を押さえていますから、そこで先生の力を借りて格闘技は格闘技、イベントはイベントでやっていこうと。

高須　一万人ぐらい入る会場でしたね。

上村　グランメッセ熊本です。そこを十一月二十四日、二十五日と二日借りています。だいたい用意に一日かかりますから。旗揚げ戦は今年の二月に二回目をやってて来年で三回目です。毎年一回やってます、うちは。今年の二月の時に高須先生に来ていただいて。

高須　来年の十一月は音楽と格闘技のコラボイベントですか？

上村　いや、それは音楽だけでやろうと思ってます。格闘技は格闘技で別のイベントでやろうと思っています。

高須　まあ、そのイベントの中で入れてもいいわけですよ。

上村　格闘技のドリームは二月四日に決まっています。別の会場で。十一月は「ザ・ドリーム九州」で音楽イベントをやります。

高須　ドリームは格闘技もある。メインは。でも、音楽もある、ダンスもあるかもしれないということです。

上村　で、次女の元旦那がいま宮崎に水素水の会社を、株の七十%を持ってますんで。水素水の販売であるとかを「ザ・ドリーム九州」で。

高須　格闘技だけでないイベントも含めてやっていくと。

「ありがとう」を熊本から発信したい

上村　どうしても熊本は「俺が俺が」の街ですから。みんなが仲良くしようというイメージがないんですよ。自分さえよければいいというのが多いんですよ。また、そういう輩がおるんですよ、熊本に。芸能界は俺じゃないと出来ないとか、そういう寝ぼけたことをいうとる奴がおりますから、だったら、その上を行ってやろうということで、高須先生の力を借りて大々的にやろうっていうことなんですよ。

高須　会長の夢も入っているんですか？

上村　私の夢というよりも、若者が育ってほしい。

高須　会長そこでね、ちょっと会長にお願いしたいことがあって。大震災がありましたよね。そういうことも「ザ・ドリーム」をやろうという、熊本県民を元気づけてやろうじゃないかというのはありますか？

上村　それもありますし、やっぱりいろんなところから九州一円にいろんな格闘技の団体がありますけど、一斉に物資を持ってきてくれるんですよ。あれはやっぱり感動でしたね。だから、私たちはそれを必死に現地に配る。やっぱり北九州の人間だとか、宮崎の人間が熊本の益城町って言ってもわからんですよ。だから、とりあえず、会長のところに持ってくるからということで、我々はそれを分配する。で、みんなで分配して炊き出しして。で、さあ、終わった、腹が減った、メシを食おうかって時にメシがないんですよ(苦笑)。みんな配ってますから。コンビニに行ってもなにもない。スーパーに行ってもなにもない。だから、あの時はたぶん八女ぐらいからたまたま物資が来て、そこにカップヌードルがあったんですよ。それでみんな空腹をしのぎましたね。二回目、益城町が一番ひどかったんですけど、大津町っていう私が本社を構えているところのすぐ隣町なんですよ。だから、どうしてもそっちに目がいってしまうんですけど、実は宇土市でも、ウチの娘たちが住んでる宇土もひどかったんですよ。だから、娘から言われましたよ。お父さんは「人にばっかりもいいけど、自分の子を忘れてない」って（苦笑）。そしたら二回目で宇土の市役所が潰れたりしましたからね。

高須 ありがたいですね。いろんなところから。

上村 だから、「ありがとう」という気持ちを熊本から発信したい。

高須 というのが「ドリーム」だと。二〇一一年の時の東日本大震災の時に「CRUNCH」の杉浦がたぶん近い感覚だったんだと思うんです、私と。会長とも近い感覚を持ってますよ、三月に震災があって五月に大会をやったんですよ、杉浦と私。それでジョニー大倉を連れていって。みんなで行こうという形で寄り合って、不良をみんな集まって、ここで元気づけようと。ここで鬱憤《うっぷん》がいっぱいあるならここで殴り合えという形でやったんです。その時は仙台の河北新報が一番バックアップしてくれました。一面で、これを不良というのか、ということを報じてくれた。そういう感覚の中で熊本がどういう形で一般紙でやるかっていうのは、私は新聞に問いたいと思っているんですよ。真面目にやってくれるのか、真面目にやっているんだと。というところの感覚。いわゆる地下格闘技というところとは完全に一線を画していると。

上村 そうです、そうです。

保険料に毎月百三十万円払う

高須 そう、ザ・ドリーム。そういう凛《りん》とした感覚ですよね。泰然自若《たいぜんじじゃく》ですよね。それともう一個、こういうことが気になったきっかけがご自分の体調にもある。末期がんだったと。ステージ4。

上村 末期でしたから。うちの嫁はもう残り一年と思ったみたいですね。うちの嫁は元看護婦なんですよ。やっぱり知識があるでしょ。私はもう全然わからんですから。肺に七つありました、腫瘍が。去年です。

高須 見つかった時に七つ。

上村 そうです、そうです。去年の五月でしたね。五月に見つかって七月から抗がん剤治療を始めましたから。

高須 余命は宣告されましたか？

上村 余命はいわれてませんけど、嫁の感覚では、まあ1年。この間、完治したと言われた時に泣きながら言われました。初めて聞きました。

高須 覚悟してたんですね。

上村 でしょうね。全然私はわかってなかったですから。私は二年だと思ってましたから。

高須 それでも二年ですか？

上村 欲がありますから生きたいという（笑）。

高須 じゃあ、いずれにせよ、二年でダメだなと思ったんですね。

上村　ですから、二年の間に整理しておかなきゃいかんという思いだったですね。まずは会社のことでした。やっぱりウチに従業員が四十人ぐらいいますから。その家族を入れたら何百人ってなりますから、彼らを路頭に迷わすこともできない。ウチの家内とは四回目なんですよ、結婚が。いまちょうど十年ですけど、一緒になって。その時に家内に別会社を作ったんですよ。というのは、運送業も国土交通省の締め付けが強いんですよ。最近の観光バスの事故ですね。ただ、営業ナンバーが同じですから締め付けが一緒にきますよ。仮眠を取っているのか、コンプライアンスの問題とか、だから、私がもしも営業停止を食らったといった場合、十日間なら十日間の営業停止の時は車が動かせないんですよ。だから、家内と一緒になった時に分社化してお客さんにまず迷惑かけないように。それが十年前ですね。で、本社を建てたのが来年の春で丸五年になるんですよ。その時にまた別の会社。だから、いま運送会社が三つあるんですよ。三つあればどこが営業停止になってもお客さんに迷惑をかけることはない。ドライバーを路頭に迷わすこともない。リスクを軽減したんですね。

高須 じゃあ、病気になった時もリスク軽減は考えたってことですね。

上村 だから、家内がそれだけしっかりしておりましたから、私は金は貯められんから全部保険に加入しとったんですよ。その代わり、「自分が生きてる間は好きにさせてくれ」って言うて。会社の受取額が三億。個人で二億。毎月百三十万円払ってます、保険料で。

高須 いまもですか？

上村 いまもです。四十五で入りましたから。だから、高いんですよ。

ほぼ毎日キャバクラに通う

高須 「好きなことをやらしてくれ」と。何をされたんですか？

上村 まあ、女ですよね（苦笑）。

高須 毎日のようにお店のほうに行かれたと。

上村　まあそうですね（苦笑）。先生においでにいただいてからはそういうのが多くなって週のうち四、五日は出てますね。

高須　ほぼ毎日ですね。だけど、会長は酒を飲まないんだよ。

上村　前は飲んでたんですよ。いまでも飲めることは飲めるんですけど、飲まずに別に。

高須　飲まずに女性を口説くんですか？

上村　口説きはしませんね。若い奴らと団体でパーッと騒ぐだけ。で、私は十二時きっかりに帰ります。どちらかというと、女の人数よりも男の人数のほうが多いですね。

高須　だから、男と女の匂いが交じると本当にいい香りになるのよ。男ばかりの香りじゃなくて。私たちは男同士のほうがいいんだよ。だけど、キャバクラに行くと匂いが本当に癒やされるっていうか、いい感じのバランスなんだよ、男と女は。

上村　どっちかというと若い子たちが女の子と楽しんでいる姿を見て楽しむ。とにかく、若い者の話を聞いて、もう胃がねじれそうですから、毎日（笑）。腸捻転起こしそうなくらい笑わせてくれるんですよ（笑）。

高須 この間熊本に行ったときもジャングルという、熊本のナンバーワンのキャバクラに行ったんだけどおもしろい（笑）。私はもう人前では笑えないんですよ。歯が悪いから。そんな私も笑いましたよ（笑）。いい飲み方されるんですね。

上村 楽しい。

高須 いい飲み方ですよ。

上村 一番楽しんどったのはあいつ（若い衆を指す）ですよ（笑）。はい、お前の名言。

若い者　仕事きっちり、あとパッパ（笑）。

上村　仕事だけはきちんとしておけば。

高須　そういう若者たちが楽しんでいる、解放している姿を。

上村　それが一番。

高須　じゃあ、女遊びじゃないですね。風を受けてるんでしょうね、きっと。雰囲気を。

若い者　会長は雰囲気が好きなんです。僕らが飲んでる雰囲気が。

高須　それならばがんも癒やされる感じですね。

上村　家内に言われたのはまず免疫力、基礎体温を上げろ。ストレスを溜めるな、とにかく笑え。それを言われて、そういうのをみんなが知ってるから、みんなが私に送ってくるんですよ。ＬＩＮＥとか、今日の姿を。みんなが笑わしてくれるんですよ。だったら負けられんじゃないですか、私も。で、最初の抗がん剤治療の時だけは二週間入院しなきゃいけなかったんですよ。あとは通院にしたんですけど、その二週間のうち四日はいましたかね。抗がん剤を打ったその日に外出しましたから。だって、寝る暇がないんですよ。だって、俺はあと二年と思ってましたからすることがいっぱいあるんですよ。会社の整理もせにゃあかん。

高須 じゃあ、自分で点滴抜いて出て行っちゃったんですか。

上村 いや、普通は点滴五時間してみんなグターとなっとるらしいんですよ。

高須 だって抗がん剤って毒の中の毒じゃないですか。グタっとなるのが普通ですよ。

上村 実際、グタっとなったんですよ。でも、それを見せたくなかった。それを、彼女が毎日、朝から晩まで来てくれたんですよ。結局、彼女が格闘技の世界を俺に教えたわけじゃないですか。それがストレスを与えてしまったみたいな責任を感じたみたいなんですよ。こいつは家庭もあるんですよ。だけど、朝から晩まで、仕事も自分の店にも真面目にいかなきゃいかんのに毎日来ましたから。

高須 そうなったら負けるわけには。で、キャバクラにいって皆さんが騒いでいる姿が一番の免疫療法。

上村　その姿が一番楽しいんですよ。銭金じゃないんですよ。

高須　お金は社長が出して。

上村　そうですね。熊本は私が出して、福岡に行ったら福岡の人間が出します。みんな持ち枠があります。でも、私は動かんですから、熊本が多いですよね。月に二百万使ってますから飲み代で（笑）。あれ（若い衆）が飲むんですよ。

高須　二百万の腹。

上村　一四〇〇万円ぐらいの腹ですよ。

高須　いざ完治されて、手元のお金がないってことは？

上村　手元の金は銀行が持ってきますから。

高須　キャバクラっていうよりも若い衆を遊ばせるですよね。「ザ・ドリーム」も会長の免疫力を上げるひとつですね。

上村　結局私もあと二年と思っておったのが、今年の五月だったんですよね、完治されたって聞かされたのが。それで「あ、生かされた」と思ったんですよ。生かされた人生はもう後世のために。あの世に金は持っていけないじゃないですか。生きた金を使いたいと。嫁は私以上に金を持っていますから。

高須 お嬢さんは？

上村 長女は不動産をやって、次女がネイルとまつげの店をやっています。独立してます。

高須 じゃあ、あとは若い者にですね。

上村 だから、私の頭の中にはやっぱり自分の親分がおるんですよ。人間は十人十色いろんな考えの人がいますから、その人を好む人もいれば、嫌がる人もいる。でも、俺は親にモノの筋道、順番ちゅうものを教えてもらいましたから、感謝してます。だから、それは絶対に消えませんから。遊んでおった看板は。

高須 「ご苦労さん」の一言がすべてだったんですね。

上村 びっくりしましたね。

高須 万感の思いですね。

上村 なんの世界でも一緒ですけど、やったからにはそれを貫かなきゃいかんわけですよ。たまたま仕事は運送をしただけであって、運送をやったからには運送以外のことはしないっていう頭で十五年、二年前までは運送一本で来ましたから。

高須 若者たちの筋をとうしてあげるためにも「ザ・ドリーム」というものを九州の柱に。誰にもできないですよ、こんなこと。で、私がなんで、こんなシンパシーを感じるかというと、私も胃をとったとき、一年ぐらい危ないと思うじゃないですか。やっぱり、私はヘアヌードとSMが楽しかった。毎日楽しい。三泊四日で撮影して、私、あっという間に元気になりましたよ。本当はひどかったんですよ、食えないでしょ。

上村 私はたまたま食道系じゃなかったから、無理してでも食えましたから。

高須 それも大変ですよ。だけど、女の力って強いですよね。近くにいる女の力。

上村 そうです。それは私も感謝してます。当然。

高須 女がいなかったら男はダメ（笑）。

あとがき

高須　基仁

二〇一六年四月の熊本大震災以降、妙な縁があり熊本を何回も訪れることになった。思い切って、震災を経た熊本城をしみじみと近くから眺めた。

私の故郷、静岡県掛川市には掛川城がある。このすぐ近くに生まれて十八歳まで育った。

小さいころ、すでに天守閣はなくなっていたが、のちに木造建築という名のもとに再築された。それを見た私は、お城の天守閣のサイズとはこんなものだろうと長らく思っていた。天守閣そのものをしみじみ見たことは掛川城以外なかったのだ。

熊本城を見たときに愕然としたのは、バカでかいということ。これが天守閣というものかと驚いた。掛川城とは月とスッポン、提灯と釣り鐘のような、迫りくる圧力、威圧感があった。

熊本城のなかには天守閣が三つある。大天守、小天守、宇土櫓《うとやぐら》というらしい。

小さい宇土櫓が掛川城の天守閣とほぼ同じ大きさだ。

加藤清正と熊本城、掛川城を作ったのは山内一豊だったか、規模があまりに違う。九州の志のようなものを感じた。静岡にあったとされる駿府城はこれくらい大きかったのだろうか。

熊本城は、震災を経て、創建当時築いたとされる石垣は崩れず、のちに改修した石垣は崩れた。

九州という土地には、崩れない石垣、礎がある。

上村会長と縁あってお会いしたとき、会長は開口一番こう言った。

「キャバクラ通いで、ステージ4のがんが治った」

私も初期の胃がんで胃の四分の三を切除した。一年後には、抗がん剤治療で気力減退を繰り返したため、抗がん剤治療はストップした。

以来、二十五年間、薬という薬を拒否してきた。風邪をひいても腹を壊しても飲まない。

そこで私が成り上がることができたのは、エロである。しばし蟄居《ちっきょ》してヘアヌード写真集のプロデュースを始めたのだ。

女のエキスには、なんとなく生きる力を感じる。それは無意識のうちに感じるものだ。九州の根っこの強さにもそれがあるのだろう。

熊本から発信する力は大事だ。熊本が東京に上がってくるのではなく、我々が熊本にお邪魔する。東京のものを熊本に持っていくのではなく、熊本のものが東京に来る。独立独歩、これぞ「肥後もっこす」というものであろう。

今こそニッポンに大事なのはこの志だ。日本の希望は不撓不屈《ふとうふくつ》の精神だ。

そのシンボライズとしてキャバクラ通いがある。そこで会長は自分の生の根源を見たに違いない。

私はヘアヌードで生の根源を見た。

どんなことが起ころうとも、革命が起ころうとも最後に残るは男と女。その事実が、男である我々を力づけたのではないか。

もしかしたら熊本城は男、その石垣は肥後おごじょ、女の底力なのではないか。
再び言おう。どんな革命が起ころうとも、最後に残るは男と女の関係。
限りなきシンパシーを上村氏に覚えた。

[著者プロフィール]
上村 達也（うえむら・たつや）

熊本県大津町を拠点に、生鮮食料品・冷凍冷蔵食品の輸送を専門に行うウエイズ・グループ代表。4つの法人、50台以上の輸送トラックを保有する。格闘技イベント「The Dream」の主催者として、若者たちに夢と活躍の場を提供している。

キャバクラ病院《ホスピタル》「一直線《まっしぐら》」

破天荒～ガン克服の駆け込み寺、それは「キャバクラ」

2018年1月11日　初版第1刷発行

著　者　上村　達也
発行人　高須　基仁
発　行　モッツコーポレーション（株）
〒105-0004 東京都港区新橋5-22-3
ル・グランシエル BLDG3.3F
電話　03-6402-4710(代)　Fax　03-3436-3720
E-Mail　info@mots.co.jp
発　売　株式会社 展望社
〒112-0002　東京都文京区小石川3-1-7　エコービル202
電話　03-3814-1997　Fax　03-3814-3063
印刷・製本　モリモト印刷株式会社

ISBN978-4-88546-340-2

高須基仁の好評書

新国粋ニッポン闘議

——高須基仁 対談集——

日本の躾、教育、文化、国防、靖国神社、テレビメディアについて……。

剛腕 高須基仁が交わす、現代日本を憂う五人の論客との激論・闘論集！

●東條由布子（東條英機元首相の御孫令）●花田紀凱（月刊ＷｉＬＬ編集長）●田母神俊雄（元航空幕僚長）●滑川裕二（宮司）●朝堂院大覚（武道総本庁総裁）

高須基仁 著

本体価格 1350円
（価格は税別）

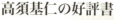